Andree von Unwerth

Wir vom Jahrgang 1991

Kindheit und Jugend

Impressum

Bildnachweis:

Umschlag: Privatarchiv Familie von Unwerth (vorne oben + hinten), Archiv Sigrid Ehl-von Unwerth/HNA (vorne unten);
Innenteil: Privatarchiv Familie von Unwerth: S. 4, 5 o./u., 6, 7 o./u., 8 o./u., 10, 11, 12 o./u., 13, 14, 16, 17, 18, 19, 21 o./u., 23 l., 25 u., 27, 29 o./u., 30 o., 33 o./u., 34, 35, 39, 41 l., 44, 52 l./r., 54, 58 l./r., 61, 62 u., 63 o./u.; Privatarchiv Tanja Neumeyer: S. 30 u., 32; Privatarchiv Christiane Schimana-Schreiber: S. 36; Archiv Sigrid Ehl-von Unwerth/HNA: S. 38, 45, 46, 49, 50, 51, 53 o., 57, 60 l./r., 62 o.l./o.r.; Stefan Gregorowius/Endemol Deutschland: S. 41 r.; Privatarchiv Brigitte Palazzolo-Nöding: S. 48 o., 53 u.; Privatarchiv Peter Kirchner: S. 48 u.; Privatarchiv Landry Degove: S. 55; ullstein bild – Sputnik: S. 9 l.; ullstein bild – mirrorpix: S. 9 r.; ullstein bild – Boness/IPON: S. 20; ullstein bild – JOKER / Lutz Schmidt: S. 23 r.; ullstein bild – Christof Stache: S. 24; ullstein bild – Bodig: S. 25 o.; ullstein bild – Uselmann: S. 28; ullstein bild – ddp: S. 37, 42; ullstein bild – United Archives: S. 43; ullstein bild – imageBROKER/Ulrich Niehoff: S. 47.

Wir danken allen Lizenzträgern für die freundliche Abdruckgenehmigung.
In Fällen, in denen es nicht gelang, Rechtsinhaber an Abbildungen zu ermitteln, bleiben Honoraransprüche gewahrt.

6., überarbeitete Neuauflage 2020

Gestaltung und Satz: r2 | Ravenstein, Verden
Druck: Druck- und Verlagshaus Thiele & Schwarz GmbH, Kassel
Buchbinderische Verarbeitung: Buchbinderei S. R. Büge, Celle

34281 Gudensberg-Gleichen • Im Wiesental 1
Telefon: 056 03/9 30 50 • www.wartberg-verlag.de
ISBN: 978-3-8313-3091-1

Vorwort

Liebe **91er!**

Kinder sind Hoffnung, Zukunft und Zeichen der Zuversicht. In diesem Sinne wagten auch wir 91er den Schritt ins Leben.

Wir entwickelten uns vom ewig hungrigen und schläfrigen neuen Erdenbürger zum Spiel-, Krabbel- und Laufkind. Im Kindergarten bekamen wir unter vielen Gleichaltrigen den ersten sozialen Schliff. In der Grundschule wurde der Grundstein für unsere Bildung gelegt – von PISA und Rechtschreibreform ahnten wir noch nichts. Im Chaos der Gefühle bewältigten wir die Pubertät. Wir entdeckten die erste Liebe, führten endlose Finanz- und Ordnungsdebatten mit der häuslichen Regierung und tauchten ab in Starkult, Modemätzchen, Funsport, Cyberspace und Partykultur.

Natürlich gingen auch die politischen, wirtschaftlichen und gesellschaftlichen Ereignisse im eigenen Land und in der Welt nicht spurlos an uns vorüber. Der 11. September 2001 brannte sich mit schrecklichen Bildern in unser Gehirn. Zudem wurde der Klimawandel zum heftig diskutierten Zukunftsthema, nicht zuletzt durch verheerende Umweltkatastrophen in allen Teilen der Welt. Dass auch Deutschland nicht verschont blieb, dafür sorgten Orkan Kyrill sowie das Jahrhunderthochwasser der Elbe. Staunend betrachteten wir die Gletschermumie Ötzi und erlebten die Geburtsstunde des Weltraumtourismus. Wir wurden Papst, bekamen die neue (T)Euro-Währung und feierten voller Nationalstolz ein sportliches Sommermärchen. Als Zeitzeugen erlebten wir die erste Bundeskanzlerin der deutschen Geschichte und den ersten afroamerikanischen US-Präsidenten, der seinen Landsleuten nach langer Durststrecke neue Hoffnung vermittelte mit: „Yes, we can." Trotz vieler Hindernisse traten auch wir unseren Weg in die Zukunft hoffnungsvoll und zuversichtlich an. Hier führt uns eine kleine Zeitreise zurück in die ersten 18 Jahre unseres Lebens: „Back to the roots" – zurück zu den Wurzeln.

„Die Eindrücke der Kindheit wurzeln am tiefsten." (Karl Emil Franzos)

Andree von Unwerth

Andree von Unwerth

Made in Germany: **Wir erobern die Welt**

Wir 91er: Jetzt geht's ab

Das Rebhuhn wurde zum Vogel des Jahres, die Sommerlinde zum Baum des Jahres, das Kleine Knabenkraut zur Orchidee des Jahres – und wir 1991-Geborenen namens Lisa, Sarah, Laura und Anna, Kevin, Jan, Patrick und Marcel waren die „Kinder des Jahres". Gerade hatten wir auf dem natürlichen Geburtsweg oder per schnittigem Schlupf aus Mamas Bauchdecke das Licht der Welt erblickt. Nun lagen wir als klitzekleine Wunderwesen mit rotem Gesicht erschöpft im Wärmebettchen. Dabei interessierte uns die 91er-Hitliste der Vornamen vorerst ebenso wenig wie andere Knüller unseres Geburtsjahres. Von uns unbemerkt tanzte im Kino Kevin Kostner mit dem Wolf und Julia Roberts verdrehte als „Pretty Woman" Richard Gere den Kopf.

Chronik

26. Februar 1991
Rückzug irakischer Truppen nach der Befreiung Kuwaits durch multinationale UN-Streitmächte. Iraks Rache: Kuwaitische Ölfelder brennen, auslaufendes Öl führt zu einer Umweltkatastrophe im Persischen Golf.

30. April 1991
Der letzte „Trabbi“ (Trabant 601) rollt nach 28 Produktionsjahren in Zwickau vom Band.

25. Juni 1991
Ausbruch des Bürgerkriegs in Jugoslawien: Kroatien und Slowenien erklären ihre Unabhängigkeit.

1. Juli 1991
Der Warschauer Pakt, das Militärbündnis sozialistisch-kommunistischer Staaten, wird aufgelöst.

19. September 1991
Im Ötztal (Südtiroler Alpen) wird „Ötzi“, die mumifizierte Leiche eines Mannes aus der Bronzezeit, entdeckt.

11. Dezember 1991
EG-Staats- und Regierungschefs beschließen in Maastricht die Bildung einer Europäischen Union. Die Vertragsunterzeichnung folgt am 7. Februar 1992.

26. Dezember 1991
Die Sowjetunion wird durch Beschluss des Obersten Sowjets aufgelöst.

14. Mai 1992
Die westdeutsche Partei „Die Grünen“ und das ostdeutsche „Bündnis 90“ schließen sich zum Bündnis 90/Die Grünen zusammen.

31. Dezember 1992
Die Tschechoslowakei spaltet sich in die souveränen Republiken Tschechien und Slowakei.

20. Januar 1993
Der Demokrat Bill Clinton wird neuer Präsident der USA.

1. September 1993
In Deutschland werden Besitz und Besitzverschaffung von Kinderpornografie strafbar.

23. Dezember 1993
Jahrhunderthochwasser („Weihnachtshochwasser“) an Rhein und Mosel.

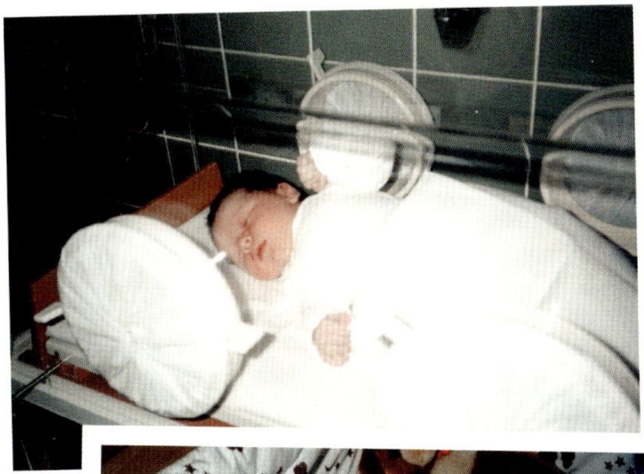

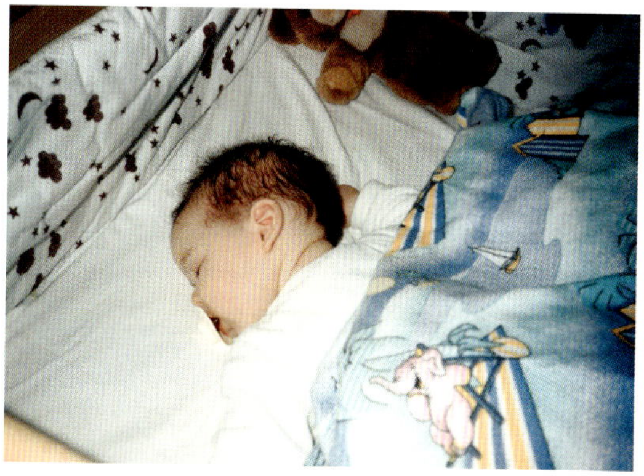

Im Wärmebettchen tankten wir Energie für die neue Welt.

Unser Dasein bestand zunächst vorwiegend aus einem gesegneten Appetit mit gieriger Nahrungsaufnahme an Mamas Milchbar oder kräftigen Zügen aus dem Fläschchen. Dem folgten lange Schlafphasen und ausgiebige Schmuseeinheiten. Währenddessen erweiterten die Menschenkinder der vorhergehender Jahrgänge bereits gezielt ihren körperlichen und geistigen Horizont. Keine Sorge, das würden wir später schon aufholen. Zunächst einmal ging der harte Alltag nahezu spurlos an uns vorüber. Wir ließen uns viel lieber mit traditionellen Kinderliedern aus den ungeübten Kehlen unserer Eltern in den Schlaf lullen. Das genügte uns völlig, während Musik-Deutschland nationale Träller-Stars wie Nicole,

Wolle Petry, Roland Kaiser, Matthias Reim und die Münchener Freiheit feierte. International ging die Mucke ab mit Seal, Roxette, Michael Jackson, Bryan Adams, dem „Bacardi Feeling" von Kate Yanai und den Scorpions: Mit „Wind of Change" stürmten die Rocker aus Hannover die Charts – und das hatte einen guten Grund: Die Powerballade wurde weltweiter Soundtrack zum Fall der Berliner Mauer 1989. Und genau an diesem bedeutenden politischen Ereignis unseres Landes waren wir 91er gerade so eben mal vorbeigeschrammt. Ärgerlich! Die deutsch-deutsche Grenzöffnung in der Nacht vom 9. auf den 10. November fand ohne uns statt. Selbst als am 3. Oktober 1990 mit der deutschen Wiedervereinigung ein 40 Jahre lang geteiltes Deutschland wieder zusammenwuchs, waren wir noch nicht aktuell. Noch nicht! Wenige Monate später kam unser Jahrgang dann aber mächtig in Fahrt. Unser künftiges Lebensmotto gab in unserem Geburtsjahr eine Rap-Band aus dem Schwabenländle vor. „Jetzt geht's ab", verkündeten Die Fantastischen Vier musikalisch. Und genau das nahmen wir uns zu Herzen.

Zu zweit macht das Leben viel mehr Spaß.

Das Leben in der Waagerechten

Richtig ab ging es in den nächsten Tagen, Wochen und Monaten besonders für unsere Mütter und Väter. Dank der anfänglichen Rund-um-die-Uhr-Einsätze zeigten sie schon nach kurzer Zeit schwerwiegende Ermüdungserscheinungen.

Wir selbst genossen währenddessen den überschaubaren und streng geregelten frühkindlichen Tagesablauf: Schlafen, Essen, Wickeln, ein wenig Spielen, eine Prise frische Luft – und dann ging der Trott wieder von vorne los.

Eine willkommene Abwechslung in unserem jungen Leben war das Ganzkörper-Bad in der Kunststoffwanne, das wir entweder jauchzend oder laut brüllend, je nach kindlichem Naturell, über uns ergehen ließen. Bald schon setzten wir beim Badevergnügen fröhlich strampelnd unsere Umgebung unter

Wasser. Glücklicherweise war das Fesseln von Babys verboten, so stand dem Freikörper-Bewegungsdrang nichts im Wege. Einen faden Beigeschmack erfuhr die spaßige Reinigungsprozedur lediglich durch diverse Pflichtübungen. Das Waschen der Haare (sofern vorhanden) gehörte dazu, ebenso das Abrubbeln und Polieren. Blitzblank gewienert gingen wir anschließend auf Tour: In Kinderwagen, Tragetasche oder Maxi Cosi statteten wir Großeltern, Freunden und Bekannten einen Besuch ab. Im Laufe der Zeit wurden wir immer aktiver und entdeckten die Welt mit all unseren Sinnen: Wir erforschten mit neugierigen Augen unsere Umgebung und lauschten der Vielzahl an Geräuschen. Wir brachten unser kleines Riechorgan in Schwung, strapazierten unsere Geschmacksnerven und setzten unsere Greif- und Tastorgane planvoll ein. Selbsterfahrung war das Maß aller Dinge: Je älter wir wurden, desto gezielter gingen wir zu Werke. Allerdings waren die ersten gut gemeinten Stehversuche mit Mamas Hilfe anfänglich noch wenig erfolgreich: Wir hatten ja keine Ahnung, wozu Füße überhaupt da sind.
Und so betrachteten wir die Welt auch weiterhin erst einmal aus der Waagerechten. Damit mussten wir uns zufriedengeben, bevor wir zu größeren Abenteuern aufbrachen.

Hatten wir das Waschen überstanden, konnten wir auch wieder lachen.

Vergitterte Ausblicke

Neben den Spielmatratzen in Wohnzimmer und Küche bildeten Wiegen, Stubenwagen und die vergitterten Kinderbettchen mit dekorativen Überhängen und praktisch weichen Stoßschutz-Umrandungen unsere kleine Welt. Dort leisteten uns Frottee- und Schlabberpuppen, Teddys und Plüschhunde mit riesigen

Körperbeherrschung pur: Alles wird durchgekaut.

Frischluft schnappen hinter Gittern.

Schlappohren Gesellschaft. Außerdem sorgten Rasseln, Greiflinge und Beißringe für Abwechslung, bevor uns ein Teddymobilé mit der beliebten Melodie „Guten Abend, gute Nacht“ sanft in den Schlaf lullte. Aber wehe, wenn wir nach eigenem Gutdünken die Nacht- oder Nachmittagsruhe beendet hatten. Um unserem vergitterten Schlafplatz zu entkommen, brüllten wir wie am Spieß. Einige Monate später wussten wir uns bereits ganz gut selbst zu beschäftigen, wenn sich auf unsere wütenden Schreitiraden hin niemand meldete: Wir knibbelten mit geschickten Fingerchen an der Kinderzimmertapete. Und schließlich pellten wir uns ganz einfach schon mal eigenhändig aus der Windel. Besonders deren Inhalt interessierte uns brennend, zumal er sich prima im Gesicht, auf der Matratze, am Bettgitter und an der angrenzenden Wand verteilen ließ. Die Reaktion unserer überraschten Eltern reichte von ungläubigem Stöhnen bis zu verschmitztem Schmunzeln über den Forscherdrang ihrer Sprösslinge.

Kaum dem einen Gitterbehältnis entkommen, landeten wir bald erneut in einem solchen: Im Freiluft-Laufställchen auf Balkon oder Terrasse konnten wir es aber mit dem geeigneten Spielzeug durchaus aushalten. Ein „Aktivitätscenter“ mit zahlreichen Funktionen, auch lapidar als „Babygymnastikschaukel“ bezeichnet, sorgte für die nötige Zerstreuung. Am liebsten aber kauten wir in diesem Alter alles gut durch: Das fing bei den eigenen Fäusten und den mit der richtigen Technik in den Mund beförderten Füßen an. Und natürlich setzten wir das bissige Vergnügen an Frotteepuppen, Stoffbällen sowie den robusten hölzernen Bauklötzen, Kugelbahnen und Holzeisenbahnen der Marken Baufix, Brio und Eichhorn fort.

Ein Karton als Spielplatz kann so interessant sein.

Zwei von uns: Lena Meyer-Landrut und Ed Sheeran.

Prominente 1991er

17. Feb. **Ed Sheeran**, britischer Singer-Songwriter

17. Feb. **Bonnie Wright**, britische Filmschauspielerin

19. Feb. **Christoph Kramer**, deutscher Fußball-Nationalspieler

3. März **Andreas Wolff**, deutscher Handball-Nationalspieler

23. Mai **Lena Meyer-Landrut**, deutsche Sängerin und Songschreiberin

28. Juni **Kevin De Bruyne**, belgischer Fußballspieler

27. Juli **Faisal Kawusi**, deutscher Comedian mit afghanischen Wurzeln

14. Aug. **Richard Freitag**, deutscher Skispringer

10. Okt. **Gabriella Cilmi**, australische Popsängerin

6. Nov. **Iris Mareike Stehen**, deutsche Schauspielerin

9. Dez. **Johannes Rydzek**, deutscher Nordischer Kombinierer

23. Dez. **Rebecca Mir**, deutsche Moderatorin und Model

24. Dez. **Louis Tomlinson**, britischer Sänger der Boygroup „One Direction"

27. Dez. **Jimi Blue Ochsenknecht**, deutscher Schauspieler und Rapper

Auf zur Sportwagenrallye
– bei diesem schönen Wetter.

Krabbler auf Entdeckungstour

Richtig in Fahrt kamen wir, als wir krabbelnd auf Entdeckungsreise gingen: Falls wir nicht wieder von irgendeinem Treppen- oder Türgitter zurückgehalten wurden, waren weder Küchenschubladen und Schlafzimmerschränke noch Wohnzimmerkommoden vor uns sicher. Und schon gar nicht die technischen Gerätschaften. Ganz sicher lagen hier bereits die Grundlagen für unsere spätere Medienbegeisterung: Wir strapazierten die Fernbedienung der Glotze und betätigten uns am Computertisch per Faustschlag auf die Tastatur als kleine Profihacker. Und wenn wir erst mal auf dem Chefsessel Platz genommen hatten, war wohl jedem klar, wer hier die Kommandos gab. Keine Angst: Wir sorgten schon dafür, dass der Terminkalender unserer Eltern immer randvoll war. Geschichten erzählen, Lieder singen, Bilderbücher angucken, spielen, die Außenwelt im Park bei einer Buggy-Entenjagd querbeet erkunden, im Sommer luftigen Badespaß im Planschbecken genießen und im Winter eine vorsichtige Rodelpartie auf der Piste absolvieren. Langeweile war für uns (und unsere Eltern) ein Fremdwort: Es gab ja so viel zu tun.

Und noch was: Wir aßen jetzt selbst. Schließlich kauten wir nun auch nicht mehr auf den Felgen, sondern mümmelten Gemüse- und Obstbrei mit strahlend weißen Mäusezähnchen durch: Zwei oben, zwei unten – mehr war vorerst noch nicht drin. Das reichte auch gerade noch für ein Würstchen oder einen Prinzenrolle-Keks auf die Faust. Richtig wild aber waren wir auf Quarkspeise. Die schmeckte prima und ließ sich außerdem mit dem Löffel noch toll als Gesichtsmaske auftragen. Man sollte uns ja schließlich nicht vorwerfen, wir hätten keine Fantasie …

Am besten schmeckt's aus dem großen Pott.

Der „letzte Botschaftsflüchtling"

Nach dem Zusammenbruch des politischen Systems der DDR wurde Erich Honecker, ehemaliger Staatsratsvorsitzender der DDR, im Dezember 1989 wegen Amtsmissbrauchs und Hochverrats verurteilt. Mit Ehefrau Margot floh er in den Schutz der sowjetischen Streitkräfte und wurde am 13. März 1991 nach Moskau ausgeflogen, erfuhr jedoch keinen Rückhalt bei den ehemaligen Verbündeten. Mit seiner Flucht in die chilenische Botschaft in Moskau wurde er später ironisch als „letzter Botschaftsflüchtling der DDR" bezeichnet. Am 29. Juli 1992 wurde Honecker an Deutschland ausgeliefert und musste sich vor Gericht wegen des Schießbefehls an der innerdeutschen Grenze und wegen versuchten Totschlags in 68 Fällen verantworten. Auf eine Verfassungsbeschwerde hin wurde das Verfahren am 12. Januar 1993 eingestellt und der Haftbefehl aufgehoben. Honecker flog nach Chile zur Familie seiner Tochter. Am 29. Mai 1994 starb er 81-jährig in Santiago de Chile an Leberkrebs.

Im Schnee fiel man zumindest weich.

Let's walk and talk

Nach monatelangen harten Übungseinheiten und unermüdlichem sportlichem Ehrgeiz hatten wir endlich zwei weitere Meilensteine in unserer Entwicklung erreicht. Zum einen wuchsen wir vom strampelnden Etwas in der Wiege zum wackligen, aber aufrechten Fußgänger heran. Dabei brachten wir unser Mobilsystem nach den ersten unbeholfen breitbeinigen Schritten mit emsigem Beweglichkeits- und Gleichgewichtstraining nach und nach zu erstaunlicher Perfektion. Zum anderen hatten wir die Vorteile der Sprache entdeckt. In dem uns eigenen kindlichen Kauderwelsch redeten wir mit, mischten uns überall ein und kommentierten unablässig das Geschehen um uns herum. Mit zunehmendem

Die Mode der 90er: vor allem bunt!

Alter unsererseits wurden aus völlig unverständlichen Lauten Silben und daraus wiederum Worte mit mehr oder weniger Sinn. Aus der beliebten Frageformel „Is das?“ entstanden schließlich einfache Satzkonstruktionen, so die höfliche Nachfrage: „Papa au dut deslaft?“

Wir Spielkinder

Schon lange vor unserer Kindergartenzeit trafen wir in Krabbel- und Spielgruppen mit Gleichaltrigen zusammen. Gemeinsames Gebrabbel, schüchterne Blick- und erste Hautkontakte, freudig-schrille Jauchzer und dicke Krokodilstränen: So sahen unsere ersten sozialen Kontakte aus. Wir stürzten uns begeistert ins Bällchen-Bad, untersuchten das Kinderspielhaus, testeten auf dem Abenteuerspielplatz unsere Körperbeherrschung und pesten mit dem Bobby-Car die Gartenwege entlang. Dabei erkundeten wir unternehmungslustigen kleinen Menschen selbstständig die Umgebung, entdeckten neue Fähigkeiten, sammelten spielerisch Erfahrungen, demonstrierten unsere kreative Ader und genossen das Zusammensein mit den Spielkameraden. Als kreative Nachwuchskünstler zeigten wir uns mit

Auch Bilderbücher standen bei uns hoch im Kurs.

Buntstiften, Malkästen und Bastelbögen. Besonders hoch im Kurs stand auch das kunterbunte Play-Doh-Knetmaterial, das wir mit Wellhölzchen, Ausstechförmchen und geschickten Fingern zu fantasievollen Figuren verarbeiteten. Die auffälligsten Kreativergebnisse aber erzielten wir per Fingerfarbe: Davon zeugten großflächige Gemälde auf sämtlichen Fensterscheiben. Im fortgeschrittenen Alter vergnügten wir uns als kleine Baumeister mit Playmobil, Duplo und Lego und kümmerten uns als junge Puppenmuttis um Baby Born und Schmuserle Annabel.

Brenzlige Erlebnisse

Neben der spielerischen Erforschung unserer Umwelt blieben uns nun zuweilen auch äußerst schmerzhaft-realistische Lebenserfahrungen nicht erspart. Aber wir wollten es so. Schließlich konnte uns nichts und niemand mehr daran hindern, die Welt auf eigene Faust zu entdecken. Dabei scheuten wir auch nicht vor jenen Erfahrungen zurück, vor denen uns unsere Eltern immer warnten. Natürlich hielten wir die Finger ans heiße Bügeleisen und patschten gleich mit der ganzen Handfläche auf die glühend heiße Herdplatte. Entweder wir brüllten daraufhin ordentlich los – oder wir ließen uns den Schmerz gar nicht erst anmerken. Schließlich waren wir mit einer echten Indianermentalität ausgestattet. Mit zusammengekniffenen Lippen und ohne verräterischen Mucks schlichen wir nach dem

Große Geschwister sind schon manchmal toll.

brenzligen Erlebnis verschämt in unsere Kinderzimmer. Gemeinsam mit dem besorgt blickenden Plüschkameraden betrachteten wir unter der Bettdecke die blühenden Brandblasen an unseren Händen. Bald kullerten dicke Tränen über die geröteten Wangen und versickerten in den verschlungenen Maschen des Frotteepullovers. Früher oder später entdeckten auch unsere Eltern den schmerzhaften frühkindlichen Erfahrungsschatz. Mit einer Salbe und liebevoll-tröstlichem Knuddeln ließen sie unsere Blessuren schnell heilen.

Hoyerswerda, Rostock, Mölln, Solingen: Der Terror von rechts

Nach der Wiedervereinigung werden zu Beginn der 90er-Jahre rechtsradikale Gewalttaten, Wahlerfolge rechtsgerichteter Parteien und die Entwicklung rechtsradikaler Jugendsubkulturen zu einer Herausforderung für Staat und Gesellschaft.

In Hoyerswerda greifen im September 1991 Hunderte rechtsradikale Jugendliche unter dem Beifall der Bevölkerung ein Ausländerwohnheim an. Die Gewalttaten gegen die Asylbewerber können nur durch massiven Einsatz von Polizei und Bundesgrenzschutz und die Evakuierung der Betroffenen beendet werden.

Im Rostocker Stadtteil Lichtenhagen gehen rechtsradikale Randalierer bei mehrtägigen gewaltsamen Ausschreitungen im August 1992 mit Steinen gegen Asylbewerber vor, die vor dem Sonnenblumenhaus, der Zentralen Aufnahmestelle für Asylbewerber, kampieren. Nach der Räumung von Gebäude und Gelände konzentrieren sich die fremdenfeindlichen Krawalle auf das Nachbarhaus, in dem 115 Vietnamesen untergebracht sind. Bilanz: 200 verletzte Polizeibeamte, knapp 400 Festnahmen.

Im schleswig-holsteinischen Mölln töten Neonazis bei einem Brandanschlag auf zwei Mehrfamilienhäuser am 23. November 1992 drei Türkinnen. Es ist der erste rechtsextremistische Anschlag im vereinigten Deutschland, bei dem Menschen getötet werden.

Am 29. Mai 1993 tötet ein folgenschwerer Brandanschlag der Neonazi-Szene in Solingen drei türkische Mädchen und zwei Frauen. Viele weitere Hausbewohner erleiden schwerste Verletzungen und Verbrennungen.

Ein weiterer Ort faschistischer Gewalt ist Lübeck: 1994 und 1995 wird die Synagoge Ziel von Brandanschlägen, am 18. Januar 1996 sterben beim Brandanschlag auf eine Asylbewerberunterkunft zehn Menschen.

Als Begründung ihrer gewalttätigen Übergriffe gegen ausländische Mitbürger erklären die rechtsextremistischen Täter, ihr Umfeld „ausländerfrei“ machen zu wollen. Die Gesellschaft für deutsche Sprache kürte den Begriff 1991 zum „Unwort des Jahres“.

Kleine Trotzköpfe und unternehmungslustige Früchtchen

Unternehmungslustiges Duo.

Auf eigenen Pfaden

So richtig konnten wir das Geschehen, das da langsam, aber sicher auf uns zukam, noch gar nicht abschätzen. Aber es musste wohl was ganz Besonderes sein, als wir eines Morgens geschniegelt und gebügelt, das Frühstückstäschchen um den Hals geschwungen, mit Mama zum Kindergarten marschierten. Dort waren viele andere Kinder, mit denen wir nach Herzenslust spielen konnten. So weit die positive Nachricht. Der negative Aspekt an der Sache: Wir sollten von nun an jeden Tag dort stundenlang unsere kostbare Zeit verbringen. Ja, wollten wir das denn eigentlich?

Dank äußerst dynamischer Mütter hatten einige von uns gar keine Zeit zum Überlegen. Tür auf, Kind rein, Jacke aus, Abschiedskuss, Abmarsch in die

Chronik

22. April 1994
Mit der Festnahme des Kaufhauserpressers „Dagobert“ alias Arno Funcke endet der längste und aufwendigste Erpressungsfall der deutschen Kriminalgeschichte.

9. Mai 1994
Nelson Mandela wird erster schwarzafrikanischer Präsident Südafrikas.

28. September 1994
Untergang der Passagierfähre Estonia auf der Fahrt von Tallinn nach Stockholm: Beim schwersten Schiffsunglück in der europäischen Nachkriegsgeschichte sterben 852 Menschen.

16. Oktober 1994
Bei der zweiten Bundestagswahl nach der Wiedervereinigung siegt die Koalition aus CDU/CSU und FDP knapp. Helmut Kohl bleibt Bundeskanzler.

13. November 1994
Michael Schumacher wird erster deutscher Formel-1-Weltmeister mit Benetton.

11. Juli 1995
Mit 8000 Toten ist das „Massaker von Srebrenica“ das schlimmste Kriegsverbrechen während des Bosnienkrieges (1992–1995).

4. November 1995
Ermordung des israelischen Ministerpräsidenten und Friedensnobelpreisträgers Jitzhak Rabin.

10. Februar 1996
Der IBM-Schachcomputer „Deep Blue“ bezwingt den Schachweltmeister Garri Kasparov.

5. Juli 1996
Schaf Dolly wird als erstes geklontes Säugetier der Welt geboren.

5. November 1996
Wiederwahl von Bill Clinton als Präsident der Vereinigten Staaten.

18. November 1996
Börsengang der Telekom-AG. Der Erstausgabepreis der „T-Aktie“ beträgt 28,50 DM.

23. November 1996
Henry Maske verliert im letzten Kampf seiner Profikarriere als Boxer gegen Virgil Hill nach Punkten.

Unsere Kindergartengruppe,
eine tolle Gemeinschaft.

Bärengruppe – und tschüss. Andere Mütter wiederum überließen uns nur schweren Herzens unserem Schicksal: Mit vielen guten Worten und dem Versprechen, dass Mami ganz bestimmt wiederkommt. Ob kurze Übergabe oder herzzerreißende Abschiedsszenen, ob Trennung mit oder ohne Tränen, mit oder ohne Festklammern an Mamas Bein: Jeder von uns 91ern startete in den Kindergartenalltag. Und den genossen wir bei Spiel und Sport, beim Malen, Basteln, Singen und Vorlesen schon nach wenigen Wochen in vollen Zügen.

Besonders beliebt waren Frischluftangebote jeder Art und zu jeder Jahreszeit. In den Sommermonaten vergnügten wir uns auf dem Spielplatz und tobten über die Wiese. Im Winter faszinierten uns waghalsige Schlitten-

manöver, Schneeballschlachten und der Bau fantasievoller Schneemänner und -frauen. Ein besonderes Vergnügen aber bereiteten uns Ausflüge in die Welt jenseits des Kindergartenzaunes.

Wir müssen hart anpacken.

Naturabenteuer und Landromantik

Dazu gehörten unsere Waldabenteuer, für die wir uns in jeder Hinsicht vorbildlich rüsteten. Das fing bereits bei der Kleidung an: Wettergerecht im Zwiebel-Look und mit wasserdichtem Schuhwerk stapften wir los. Reichlich Proviant für hungrige Nachwuchsnaturforscher hatten wir in unseren Rucksäcken deponiert. Und die stapelten sich in einem Bollerwagen zusammen mit Wasserkanister, Verbandsmaterial für kleine Wunden und einer Schippe für unser möglicherweise großes Geschäft in freier Natur.

Nach zünftigem Fußmarsch fanden wir in einem Waldstück oder unter einer Gruppe von Baumriesen im Stadtpark einen ganz neuen Erfahrungsraum. Hier ließen wir unserem übermächtigen Bewegungsdrang freien Lauf. Zuweilen konnten wir uns im wirren Geäst und Gestrüpp kaum auf den Beinen halten und machten unfreiwillig Bekanntschaft mit dem Waldboden. Bei dessen näherer Betrachtung fanden wir kreatives Spielmaterial in Hülle und Fülle – von weichen Moospolstern bis zu bizarren Wurzeln. Zugleich hatten wir unzählige tierische Begegnungen mit kleinen Flug-, Flatter-, Kriech- und Krabbeltierchen: wurmartige Käferlarven, zusammengerollte Regenwürmer, flitzende Kellerasseln und verschlafene Tausendfüßler tummelten sich unter der Rinde umgestürzter Bäume. Natur pur – eine tolle Sache.

Viel Vergnügen bereiteten uns auch gelegentliche Abstecher zu landwirtschaftlichen Betrieben. Mit der ganzen Rasselbande steuerten wir, übersichtlich in Zweierreihen angeordnet, unserem Bauernhof-Abenteuer entgegen. Dort ließen wir uns auf einem blubbernden Traktoren-Koloss über das holprige Hofpflaster chauffieren und statteten den Bauernhoftieren einen Besuch ab. Dabei verschlug uns die atemberaubende Nähe zu den schwarz-bunten Milchlieferanten im Kuhstall fast die Sprache. Ebenso faszinierte uns der Anblick unzähliger rosafarbener Schweinekinder, die sich im Stroh unter der Wärmelampe zusammendrängten. Im Hühnerstall schließlich sammelten wir die noch warmen Legeprodukte der gefiederten Produzenten und kullerten anschließend auf dem Scheunenboden durch Heu- und Strohberge. Den nachfolgenden Juckreiz und die typischen Stallgerüche, die uns nach dem Landausflug noch stundenlang begleiteten, nahmen wir tapfer in Kauf.

Andere Touren jenseits des Kindergartenalltags wiederum stillten unsere Action-Begeisterung: Beim Besuch der Polizeistation drehten wir mit Tatü-Tataa und Blaulicht eine Ehrenrunde im Polizeiauto. In der Einsatzleitzentrale betrachteten wir ehrfurchtsvoll Tausende Knöpfe und Schalter, zogen per Fingerabdruck in die Verbrecherkartei ein und landeten zum guten Schluss auf der harten Pritsche einer Ausnüchterungszelle. Nicht weniger aufregend verlief unsere Stippvisite bei der Feuerwehr: Hier standen natürlich die Fahrt in einem PS-starken Löschfahrzeug und die Wasserfontänen aus dem Feuerwehrschlauch ganz oben auf unserer Wunschliste.

Tierische Begegnung hautnah.

Proteste gegen die Castor-Transporte nach Gorleben.

Castor-Transporte – tickende Zeitbomben?

Am 25. April 1995 erreicht der erste Castor-Behälter das Transportbehälterlager nahe der ostniedersächsischen Stadt Gorleben (Landkreis Lüchow-Dannenberg). Bis zum Jahr 2008 werden hier 91 Behälter hochradioaktiver Abfälle in einer oberirdischen Betonhalle zwischengelagert. Die Rücktransporte der brisanten Überbleibsel deutscher Atomkraftwerke aus der französischen Wiederaufbereitungsanlage La Hague nach Gorleben erfolgen überwiegend über das Schienennetz der Deutschen Bahn. Ein Straßentransport wird dort notwendig, wo keine Bahnanlagen existieren. Aus Angst vor Übergriffen bleiben die Transportrouten geheim und werden gegebenenfalls kurzfristig geändert.

In der deutschen Bevölkerung herrscht seit jeher großer Widerstand gegen Transporte und Lagerung von Atommüll. Demonstrationen sowie Sitz- und Treckerblockaden auf und neben dem Schienennetz entlang den möglichen Strecken sowie vor dem Castor-Lager in Gorleben begleiten jeden Transport. Neben den zumeist friedlichen Protesten kommt es gelegentlich auch zu Sabotageaktionen an Stellwerken und Fahrleitungen der Bahn. Die Proteste richten sich gegen die Produktion von Atommüll im Allgemeinen und gegen dessen Endlagerung in Gorleben im Speziellen. Das Gebiet ist nämlich nicht nur als Zwischenlager, sondern bereits seit 1977 auch als Endlagerstätte radioaktiven Mülls im Gespräch: In dem Salzstock Gorleben-Rambow (Steinsalz-Schicht von 14 Kilometern Länge, bis zu vier Kilometern Breite und einer Tiefe bis zu 3500 Meter) sollen die hoch radioaktiven Abfälle tiefengeologisch mehrere Hundert Meter unter der Erde – unterhalb des Grundwasserspiegels – endgelagert werden. Ein Erkundungsbergwerk ist bereits errichtet worden. Der Standort jedoch gilt bei Kernkraftgegnern und Fachleuten gleichermaßen als ungeeignet: So trennten lediglich eine dünne Tonschicht, zuweilen nur durchlässige Sand-, Geröll- und Kieseinlagerungen, die Salzschicht vom Grundwasser. Es besteht die Gefahr, dass bei einer Beschädigung der Behälter durch die im Salzstock vorhandene aggressive Salzlauge radioaktive Substanzen freigesetzt werden und durch die zerklüftete Salzschicht ins Grundwasser gelangen. Bis heute ist die Eignung als künftiges Endlager ungeklärt.

Gespenster in Geburtstagslaune

Ausnahmegelegenheiten für den unbeschwerten Genuss süßer Leckereien waren Feste und Feiern jeder Art, allen voran natürlich der eigene Geburtstag. Ein Wiegenfest ohne Sahnetorten und Schokoküsse, ohne Brause, Lakritzschnecken, Gummischlangen, Kaugummis, Karamellbonbons, Schweinespeck und Kirschlutscher?

Fröhlich-bunte Geburtstagsparty mit den Freunden aus dem Kindergarten.

Hot-Dog, der Klassiker beim Kindergeburtstag.

Das war für uns ebenso unvorstellbar wie ein Ehrentag ohne Geschenke oder gar ein fehlendes Spielvergnügen für die versammelte Geburtstagsmeute. Nachdem diese Voraussetzungen geklärt waren, widmeten wir uns mit schokoverschmierten Mundwinkeln der Schnitzeljagd, die uns im Zickzackkurs durchs Gelände führte. Danach vergnügten wir uns beim Mülltonnen-Slalom und beim Kickboard-Rennen, lieferten uns starke Tischtennis-Duelle, bewiesen unsere Treffsicherheit beim Büchsenwerfen und holperten mit unberechenbaren Känguru-Rädern übers Straßenpflaster. Herbstliche Geburtstage waren zumeist geprägt vom Schnitzen gruseliger Kürbismonster, während Winter-Geburtstagskinder mit viel Glück ihre Freunde zu einer Schlittenpartie oder zum Schlittschuhlaufen einladen konnten.

Besonders beliebt waren jedoch die Themengeburtstage: So tanzten wir zur 1001-Nacht-Party mit Schleiern und Pumphosen in einer Orient-Goldglitter-Atmosphäre. Als Clowns mit dicken roten Nasen, lustigen Hütchen und kunterbunter Gesichtsmaskerade zündeten wir beim Zirkusfest die Konfettikanone.

Der Knüller aber waren die Gespenster-Geburtstagspartys. Der Skeletteinladung folgten wir im nüchternen Bettlakengewand in eine düstere Höhle voller Fledermausgirlanden, Totenkopfballons, überdimensionaler Spinnennetze und Knochenkonfetti. Für unser leibliches Wohl sorgten Gespensternudeln und Draculas Blutpudding, Feuerlollis und Gletscherschleim. Nach Einbruch der Dunkelheit stand die geheimnisvolle Nachtwanderung in die Unterwelt an. Dabei garantierten Käuzchenrufe, knackendes Unterholz, düstere Baumriesen und imaginäres wildes Getier im Feder-, Fell- und Borstenkleid einen schaurig-schönen Gruseleffekt. Erschöpft, aber glücklich schwebten wir schließlich in den oberirdischen Alltag zurück.

Auf Rädern die Welt erobern

Unseren Alltag bewältigten wir jetzt nicht mehr nur auf Schusters Rappen, sondern bevorzugt auf zwei, drei oder vier Rädern. Eines war klar: Wir wollten nicht mehr untätig auf Kinderfahrradsitzen oder in engen Transportanhängern hocken. Auch aus dem Dreiradalter waren wir langsam raus. Jetzt war Größeres angesagt. Pesten wir zunächst noch mit einem Roller durch die Gegend, ließen bald darauf bereits schnittige Vierradgefährte unsere Augen leuchten.

Endlich mobil: Auf zwei Rädern rollern wir durchs Leben.

Manchmal waren es aber auch vier Räder.

Das fing mit knallroten und giftgrünen Kunststofftreckern an, setzte sich mit abenteuerlichen hölzernen Seifenkistenkonstruktionen fort und endete mit windschnittigen Kettcars. Wie Schumi, der gerade zum ersten Mal Formel-1-Weltmeister geworden war, fühlten wir uns beim täglichen Fahrvergnügen als echte Siegertypen.

Den Gipfel der Mobilität aber erstürmten wir mit dem ersten eigenen Fahrrad. Nach anstrengenden sonntäglichen Übungsstunden mit erschöpften Vätern auf menschenleeren Parkplätzen stellte sich (früher oder später) das Erfolgserlebnis ein. So wurden wir zunächst mit unserem Kinderrädchen auf die Menschheit losgelassen. Mit zunehmender Körpergröße und fortschreitender Perfektion in Sachen Radfahrkunst wurden wir stolze Besitzer neuer Zweiradmodelle. Egal, ob Tigerentenbike, Mountainbike, Straßen- oder Rennrad: Hauptsache, wir waren mobil.

Sesamstraße und Co: Fernsehberieselung mit Lerneffekt

Schon seit 1971 begeistert ein Fernsehdauerbrenner Kindergartengänger und Grundschulpennäler: „Die Sendung mit der Maus". In den „Sachgeschichten" werden Themen aus allen Lebensbereichen aufgegriffen und erklärt. Für die „Lachgeschichten" sorgen Miniserien wie „Der kleine Maulwurf", „Käpt'n Blaubär" – und allen voran natürlich die beliebten Spots mit Maus, Elefant und Ente.

„Der, die, das – Wer, wie, was", heißt es seit 1973 in den dritten Programmen der ARD. Mit der „Sesamstraße" ist eine weitere erfolgreiche Vorschulserie auf Sendung. Neben Wissensbeiträgen und Trickfilmen bestimmen die plüschigen Hauptdarsteller das Erfolgskonzept. Dem spitzbübischen Ernie mit unverkennbar kehligem Lachen und einem Faible für Quietsche-Entchen steht der korrekt-langweilige Bert mit einer Schwäche für Tauben, Blasmusik, Kronkorken und Büroklammern gegenüber.

Unsere Stars: Ernie und Bert aus der Sesamstraße.

Die Kinderherzen erobern auch das liebenswert-schusselige blaue Monster Grobi, das Krümelmonster mit dem permanenten Heißhunger auf Kekse, Griesgram Oscar aus der Tonne und sein nicht minder schlecht gelaunter Nachfolger Rumpel aus dem Regenfass. Nicht zu vergessen der zottelige Samson mit seinem Schnuffeltuch und Tiffi, die schräge rosafarbene Vogeldame.

Seit 1981 ist Löwenzahn-Guru Peter Lustig im ZDF nicht mehr aus der Fernsehlandschaft wegzudenken: Der Mann mit Latzhose und Nickelbrille, der in einem blauen Bauwagen im Elchwinkel von Bärstadt haust, erklärt mit Witz und Selbstironie die Geheimnisse naturwissenschaftlicher Zusammenhänge.

Neben den etablierten Kindersendungen erobert im Januar 1996 der „Tigerentenclub" den Bildschirm. Dabei ist jede Menge Unterhaltung mit den jugendlichen Moderatoren, der gelb-schwarz gestreiften Tigerente und ihrem frechen Freund Günter Kastenfrosch garantiert. Zudem besticht das Programm durch spezielle Studiothemen mit Gästen, Wettkampf-Spiele zweier Kindermannschaften, kleine Einspielfilme und einen Showteil. Kinderherzen, was wollt ihr mehr?

Machtkämpfe im Kinderzimmer oder: Gemeinsam gegen den Rest der Welt

Freunde zu haben, das war toll. Bei der Begeisterung über Geschwister allerdings teilten sich zuweilen die Geister. Der Streit über die Reihenfolge beim Abwasch, bei der morgendlichen Erstürmung des Badezimmers oder

Gemeinsam durch dick und dünn.

Das nasse Element: für alle Wasserratten ein Riesenspaß.

beim Säubern des Kaninchenstalls wurde zum immer wiederkehrenden Kraftakt. Ebenso unbeliebt waren die permanenten und penetranten Störungen unserer jüngeren Geschwister – natürlich bevorzugt dann, wenn wir gerade Freunde zu Besuch hatten. Dabei konnten wir sie doch bei unseren Geheimniskrämereien überhaupt nicht gebrauchen. Es sei denn, wir waren Mädchen und hatten gerade den Kult ums Schminken entdeckt. Für unseren Praxistest am lebenden Objekt kamen uns unvoreingenommene familiäre Nesthaken gerade recht. Ob Lippenstift, Make-up, Creme oder Parfüm: Wir bedienten uns wahllos aus dem Kosmetikvorrat unserer Eltern und cremten, sprühten und malten, was das Zeug hielt. Unsere Versuchskaninchen ließen geduldig alles über sich ergehen. So lange, bis ihnen ein pitziges Duftwässerchen in die Augen oder der Rasierschaum in die Nasenlöcher gelangte. Dann alarmierten sie mit sirenenartigem Geschrei die hausinterne Regierung und beendeten abrupt das kosmetische Wohlfühlprogramm. Trotz gelegentlicher Streitereien hielten wir Geschwister jedoch meistens zusammen wie Pech und Schwefel. Das war besonders dann der Fall, wenn wir uns gemeinsam gegen unsere Eltern durchsetzen wollten und deren mühsam ausgetüfteltes Regelwerk ganz trickreich umgingen. Manchmal wickelten wir sie mit Charme um den Finger, manchmal feilschten wir wie beim Tarifpoker um unser vermeintliches Recht. In ganz hartnäckigen Fällen brachten wir sie mit dickfelligen Quengeleien beinahe an den Rand des Nervenzusammenbruchs – im Doppelpack stets besonders erfolgreich.

Wir starten in den Pennäler-Alltag

1997–2000

Schulauftakt mit Diddl und SpongeBob

Lange schon hatten wir dem großen Ereignis entgegengefiebert, erwartungsvolle Vermutungen angestellt und zugleich mit ein wenig Furcht im zarten Kinderseelchen dem „Ernst des Lebens" entgegengeblickt. Jetzt war es so weit: Schluss mit lustig! Wir wurden zu Schulkindern, zunächst auch wenig respektvoll als i-Kleckse bezeichnet. Die Aufregung vor der Einschulung schlug uns regelrecht auf den Magen. Bereits am Tag zuvor wurden wir zu Abendessenaussteigern, am Morgen dann zu Frühstücksverweigerern.
Ob Müsli, Wurstbrot oder Banane, nichts ging rein vor lauter Aufregung.
So steuerten viele von uns mit leicht flauem Gefühl im Magen dem Schulalltag entgegen, der uns mindestens die nächsten neun Lebensjahre in Atem halten sollte. Aber auch den Stolz über den neuen Lebensabschnitt konnten wir nicht

Chronik

27. Juli 1997
Der 23-jährige Jan Ulrich gewinnt als erster Deutscher die Tour de France.

1. bis 10. Dezember 1997
Internationale Klimakonferenz in Kyoto, Japan. Die Industrieländer – mit Ausnahme der USA – verpflichten sich, ihre Treibhausgas-Emissionen zu senken.

20. April 1998
Selbstauflösung der „Rote Armee Fraktion" (RAF). Die 1970 gegründete militante, linksextremistische Vereinigung verübte 34 Morde, zahlreiche Banküberfälle und Sprengstoffattentate.

3. Juni 1998
ICE-Unglück von Eschede: Der ICE „Wilhelm Conrad Röntgen" entgleist mit defektem Radreifen. 101 Menschen sterben.

27. September 1998
Bei der Bundestagswahl geht die 16-jährige Ära Kohl zu Ende. Gerhard Schröder wird Bundeskanzler in einer Koalition von SPD und Grünen.

24. März 1999
Kosovo-Krieg: Luftkriegsoperation „Allied Force" der NATO-Koalition gegen die Bundesrepublik Jugoslawien um die Provinz Kosovo. Nach Kriegsende am 10. Juni werden NATO-geführte Friedenstruppen (KFOR) im Kosovo stationiert.

23. Mai 1999
50-jähriges Jubiläum der Gründung der Bundesrepublik Deutschland. Zugleich wird Johannes Rau neuer Bundespräsident als Nachfolger von Roman Herzog.

11. August 1999
Totale Sonnenfinsternis über Europa sowie dem westlichen Asien. Die nächste totale Sonnenfinsternis in Deutschland findet am 3. September 2081 statt.

1. Dezember 1999
Nordirland erhält nach 27 Jahren britischer Herrschaft seine Autonomie zurück.

7. Mai 2000
Amtseinführung von Wladimir Putin als Präsident Russlands.

1. Juni 2000
In Hannover wird die fünf Monate dauernde Weltausstellung Expo 2000 eröffnet.

Wir i-Kleckse: Jetzt beginnt der Ernst des Lebens.

verhehlen. Sichtbares Symbol dafür waren unsere neuen Ranzen der Marken Scout, McNeill und 4You. Urwald-, Bauernhof-, Fantasy-, Piraten-, Rennauto- und Fußballmotive zierten die ergonomisch geformten, federleichten und quietschbunten Schultaschen ebenso wie Diddl und Dinos, Barbie und SpongeBob. Meist passend dazu trugen wir die entsprechenden Zuckertüten im Arm, prall gefüllt mit Fruchtgummis, Bonbons, Waffeln und Müsli-Riegeln sowie Buntstiften, Flummis, Mini-Puzzles und Kassetten. Dabei legten wir großen Wert darauf, dass zwei Hörspiel-Dauerbrenner aus grauer Vorschulzeit künftig nicht mehr aus den Lautsprechern tönten: Benjamin Blümchen und Bibi Blocksberg hatten ausgedudelt. Jetzt waren – unserem Schulkind-Status entsprechend – Abenteuer- und Detektiv- Hörspiele angesagt.

Strahlend am ersten Schultag.

Lichtbilder und Lichtblicke

Waren für uns Ranzen und Zuckertüte am ersten Schultag ein unbedingtes Muss, bestanden unsere Eltern auf dem obligatorischen Einschulungsfoto. Schließlich wollten sie die zuweilen zahnlos lächelnden Abc-Schützen unbedingt für die Nachwelt festhalten. So entstand beim Fototermin der Bildnachweis über unseren neuen Lebensabschnitt.

In der Schule angekommen, nahm das eigentliche Ereignis seinen Lauf – und überrollte uns wie eine Lawine. Die herzliche Begrüßung durch den Rektor, Gesang, Tanz und ein kleines Theaterstück der älteren Schüler, die neuen Lehrer und Mitschüler sowie die ungewohnte Umgebung ließen unsere Herzen kräftig bubbern. Nach dem beeindruckenden Auftakt waren wir extrem neugierig darauf, was in der nächsten Zeit so alles auf uns zukommen würde.

Tatsächlich war der Übergang vom Kindergarten in die Schule weit weniger schlimm als erwartet. Schließlich waren wir gut auf den Wechsel vorbereitet worden. Nach den Erzieherinnen im Kindergarten wurden nun die neuen Klassenlehrerinnen der nächste Vormittags-Mama-Ersatz. Auch die Klassenlehrer machten sich als Kumpel-Typen nicht schlecht. Kurz und gut: Wir fühlten uns wohl und stürzten uns zielstrebig ins Schulleben.

Rechtschreibtücken, Rechenkünste und Sachkundevielfalt

Eines war klar: Wir brannten darauf, die Buchstaben zu lernen und diese auch in vernünftigem Zusammenhang zu Papier zu bringen. Aber warum nur waren sich f und t, m und n so ähnlich? Und wieso ging beim p der Strich nach links unten und beim d nach rechts oben? Bald schon jedoch bewältigten wir solche Anfangsschwierigkeiten ebenso wie die nachfolgenden orthografischen

Aller Anfang ist schwer. Die Buchstaben beherrschten wir zwar schnell, aber die Rechtschreibung …

Problemchen: Wir lernten, dass „fort“ nicht mit v geschrieben wird und dass „sieht“ mit ie und h gleich mehrere Tücken in sich vereint. Später übten wir die Worttrennung mit Silbenbooten, die wörtliche Rede in Frage-Antwort-Spielen und lernten die verschiedenen Wortarten kennen. Und im Rechnen erkannten wir ganz schnell, für welch große Unterschiede Punkt, Doppelpunkt, Strich und Kreuz zwischen den Zahlen sorgen. Neben dem harten Lernstoff im Schreiben, Rechnen und Lesen waren sportliche und künstlerische Schulfächer für uns das reinste Vergnügen. Ebenso mochten wir die Sachkundestunden, die uns viel Wissen rund um Natur und Technik erschlossen. Dabei machten wir Abstecher durch das Sonnensystem, reisten zu Tyrannosaurus und Co. in die Urzeit zurück, lernten das komplizierte Innenleben unseres Körpers kennen und freuten uns über Streifzüge durch die Tierwelt.

Der Euro und die neue Rechtschreibung machen Schule

Wir waren einer der ersten Jahrgänge, die sich bereits zu Beginn der Schulzeit durch die hart umstrittene neue deutsche Rechtschreibung quälten und in den letzten Grundschulzügen mit der künftigen Euro-Währung rechnen mussten.

Eigentlich machte es uns wenig aus, dass wir künftig Tunfisch und Jogurt ohne h und Krepppapier mit drei p schreiben sollten. Wir waren ja gerade erst am Anfang unseres Rechtschreiblernprozesses und kannten es nicht anders. Nur unsere Schulbücher hinkten hinterher, denn die waren noch lange nicht auf dem neuesten Stand.

Puh, ganz schön viele Hausaufgaben!

Spiele beim Faschingsfest: Das Löffelspiel verlangt Geschick.

Teigdressing, Faschingsbienen und Hasenkinder

Diverse Feierlichkeiten rund ums Jahr brachten uns in der Schule eine willkommene Abwechslung. Schließlich musste jedes Fest gebührend vorbereitet und gewürdigt werden!

In der Adventszeit gehörte das Plätzchenbacken zu unseren Lieblingsbeschäftigungen. Mit ordentlich Mehl, Zucker, Mandeln, Nüssen und Rosinen im Teig sowie bunten Streuseln, Schokoflocken oder Zitronenguss obenauf konnte kaum ein Keksrezept misslingen. Unsere Leidenschaft sah man nicht nur der Schulküche, sondern auch unseren verklebten Händen, Gesichtern und Pullis an.

Nun muss der Frühling doch kommen!

Weniger in einem Teigdressing als vielmehr in farbenfroher Maskerade präsentierten wir uns zur Faschingszeit. Als lässige Matrosen, furchterregende Piraten und bunt kostümierte Clowns, als adrette Prinzessinnen, wilde Tiger, geflügelte Bienen und graue Mäusekinder feierten wir Karneval. Wenn allerdings störende Kostümdetails den dazugehörigen Spielspaß zu be- oder gar verhindern drohten, machten wir kurzen Prozess. Weg mit goldenen Krönchen, sperrigen Feenflügeln und übergroßen Mäuseohren – und hinein ins bunte Spielvergnügen.

Emsig werkelten wir auch in Vorbereitung auf die Osterzeit. Mit Pinsel und Farbe wurden aus alten, unansehnlichen Holzkästen kunterbunte Osterkisten, die wir mit Frühlingsblumen bepflanzten. Wir bastelten Osterhasengesichter als Tischdekoration, färbten Eier bunt ein und bastelten lustige Heuhasen. Als passende Osterlektüre lasen wir nun schon ganz allein die „Häschenschule“, wo Hasen-Hans und Hasen-Gretchen die Schulbank im Grünen drückten und in der Pause ihr Frühstückskraut knabberten.

Umweltkatastrophe und menschliche Tragödie

Am 25. Oktober 1998 verursacht der Holzfrachter „Pallas“ im schleswig-holsteinischen Nationalpark Wattenmeer die bis dahin schwerste Ölpest an der deutschen Nordseeküste. Das Frachtschiff unter der Flagge der Bahamas läuft nach einem Brand an Bord vor Amrum auf Grund.

90 Tonnen Öl strömen ins Meer, 12 000 Seevögel und mehrere Dutzend Robben verenden. Dem Unglück folgen intensive Diskussionen über die Sicherheit der Schifffahrt. Die Erkenntnisse über mangelnde Notfallkonzepte und eine schlechte nationale wie internationale Kooperation führen schließlich im Januar 2003 zur Gründung eines Havariekommandos mit Sitz in Cuxhaven. Dessen Aufgabe besteht darin, bei Unfällen im Bereich von Nord- und Ostsee ein koordiniertes Unfallmanagement zu gewährleisten.

Eine menschliche Tragödie ereignet sich am 12. August 2000 in der Barentsee. Während eines Manövers kommt es zu einer Explosion an Bord des russischen Atom-U-Bootes Kursk, das daraufhin sinkt. 23 der insgesamt 118 Besatzungsmitglieder überleben die Explosion. Dennoch können sie – wie auch ihre Kameraden – nur noch tot geborgen werden. Grund dafür sind die zögerliche Informationspolitik der russischen Marineführung und die anfängliche Zurückweisung ausländischer Hilfe.

Wir erleben die Natur beim Schulausflug.

Sportsgeist und Entdeckerlust – Unterricht mal anders

Auch an manch anderen Tagen entsprach der Unterricht in unseren Schulen nicht dem üblichen Stundenplan. Wenn Projekttage anstanden, widmeten wir uns außergewöhnlichen Inhalten. Sportliche Zeitgenossen vergnügten sich beim Inlinertraining, im Fahrradparcours und bei Kraxeltouren im Klettergarten. Körperbeherrschung war gefragt bei einstudierten Zirkuskunststückchen wie Jonglage, Einrad-, Drahtseil- und Bodenakrobatik. An anderer Stelle wiederum gaben Tanz-, Gesangs- und Instrumentaleinlagen den Ton an. Und fernab von jeglichem Trubel lockten naturnahe Erlebnisse. Dabei untersuchten wir die Spuren heimischer Wildtiere, gingen auf Vogelstimmenexkursion oder tummelten uns bei einer zünftigen Kartoffelernte auf dem Feld. Wer Glück hatte, der fand zwischen den goldgelben Erdäpfeln einige unfreiwillig von ihrer krautigen Nahrungsquelle getrennte Kartoffelkäfer. Bei Landwirten und Gartenbesitzern durchweg unbeliebt, waren die gefräßigen Insekten im gestreiften Outfit für uns ein beliebtes Beobachtungsobjekt. Als solches galten auch die Schnecken, die wir nach gezielter Suche – nackt oder mit mobilem Eigenheim auf dem Buckel – an Straßenrändern antrafen. Folge des Aufeinandertreffens waren zumindest unangenehm klebrige Finger auf der einen und ein erschrockener Stubenhocker auf der anderen Seite.

Jenseits tierischer Erlebnisse tauchten wir ein in jene schulische Vergangenheit vor 100 Jahren, als Kreide, Schiefertafel und absoluter Gehorsam das Pennälerleben bestimmten. Ein Abstecher in die menschliche Evolutionsgeschichte endete in der Steinzeit mit kratzigen Sackleinengewändern und selbst geschnitzten Speeren. Daneben lösten wir die Rätsel um Hexen und Ritter, Römer und Griechen, erkundeten Weltmeere, Regenwälder, Wüsten und Polargebiete. Begeistert erforschten wir versunkene Städte und bedrohte Tiere und warfen einen Blick auf das Leben in anderen Kontinenten unserer Erde.

Familienurlaub und Solotouren

Nach anstrengenden Schulwochen waren Urlaubsfahrten immer ein Erlebnis für uns. Anfangs gondelten wir mit unseren Eltern quer durch die Republik. Dabei lockte der Sandburgenbau an Nord- und Ostsee ebenso wie Kraxeltouren in den bayerischen Bergen. Gern eroberten wir auch das europäische Ausland vom dänischen Norden über die italienische Adriaküste bis zur französischen Bretagne und den spanischen Inseln. Wer richtig Glück und das nötige Kleingeld hatte, der durfte sogar Ziele über die Weltmeere hinaus ansteuern. Durch ein geschicktes Ausweichmanöver unserer Eltern landeten einige jedoch auch in der Südsee unterm Glasdach. Dabei hatte der wetterunabhängige Familienurlaub im subtropischen Badeparadies durchaus seine Reize – dank Kinder-Animationsprogramm auch für unsere Eltern!

Ob Sommer oder Winter:
Ferien sind doch das
Schönste an der Schule.

Aber, mal ehrlich: Die größten Abenteuer erlebten wir doch auf unseren Solo-Urlaubsreisen. Schon im Grundschulalter verbrachten wir einen Teil der wohlverdienten Schulferien mit Freund oder Freundin auf Pony- und Bauernhöfen, in einer Zirkusschule oder einem Abenteuercamp. Wenn wir von solchen Alleingängen zurückkehrten, waren wir stets mit Riesenschritten in die Selbstständigkeit marschiert. Wen interessierte es da schon, dass wir eine Woche lang dieselbe Unterwäsche getragen hatten?

Im Freizeitpark sind Unterhaltung und Vergnügen angesagt.

Piraterie, Indianerromantik und der Kampf um die Freiheit

Allerdings hatten wir nicht immer Gelegenheit dazu, unsere Ferien in der Ferne zu verbringen. Bevor wir jedoch zu Stubenhockern werden konnten, meldeten uns unsere Eltern zu den örtlichen Ferienspielen an. Die veranstalteten fast alle Städte und Gemeinden für geplagte und erholungsbedürftige Schulkinder.

Bei dem vielseitigen Angebot hatte Langeweile keine Chance. Waren anfangs noch Tagesaktivitäten angesagt, lockten uns im fortgeschrittenen Alter vor allem themenbezogene Wochenveranstaltungen. Dabei lebten wir als

Robin Hood, Little John, Bruder Tuck und Maid Marian im Sherwood Forest. Als junge Geächtete kämpften wir mit Pfeil und Bogen um Freiheit und Gerechtigkeit für die Armen. Kämpferisch traten wir auch als zwielichtige Gestalten mit Augenklappen, verwegenen Kopfbedeckungen, zerrissenen Hemden und verratzten Beinkleidern in Sachen Piraterie auf. Wild entschlossen schwangen wir die Totenkopfflagge, rasselten mit hölzernen Säbeln und spähten durch selbst gebaute Fernrohre weit entfernte Ziele aus. Ein andermal schlichen wir auf den Spuren der Rothäute durch die Ferien. Die blasse Gesichtshaut farblich aufgepeppt, stürzten wir uns als tollkühne Krieger und mutige Squaws mit lautstarkem Kriegsgeheul ins Indianerleben. Unter Anleitung von Häuptling Graue Locke bauten wir Tipis und stellten Gewänder und Jagdutensilien her. Klar, dass uns Stammesbrüdern und -schwestern nach solch anstrengendem Tageswerk am Abend lautstark der Magen knurrte. Da uns jedoch absolut kein Büffel über den Weg lief, wurde das Fleisch fürs Nachtmahl ganz ordinär in der Zivilisation eingekauft. Eine Ausnahme, versteht sich.

Freunde fürs Leben

Zarte Bande: Zwei, die gerne gemeinsam träumen.

Unser ganzes Leben lang spielten neben der Familie vor allem unsere Freunde eine bedeutende Rolle. Manchmal hockten wir schon im Kindergarten zusammen im Sandkasten, saßen später in der Schule nebeneinander und verbrachten auch am Nachmittag jede freie Minute gemeinsam. Wohl gab es unter uns jungen Trotzköpfen auch mal Streit. Kleine Machtkämpfe eben. Aber die Gewitterwolken verzogen sich meist schnell wieder. Eine gemeinsame Übernachtung nach einer anstrengenden Fahrrad- oder Inlinertour schweißte uns stets eng zusammen. Umso besser, wenn für dieses nächtliche Abenteuer in lauer Sommernacht zudem ein Zelt im Garten oder ein Baumhaus in einer knorrigen Eiche auf uns wartete! Tagsüber vergnügten wir uns in männlichen Räuberhöhlen vor allem mit Matchbox-Autos und Carrera-Rennbahnen, mit Ritterburgen, Piratenschiffen und Wild-West-Arenen. Um Meisterehren wetteiferten wir am Billardtisch, an der

Starke Bande: zwei dicke Freunde auf sechs Beinen.

Tischtennisplatte, beim Electronic Dart und beim Kickern. Daneben erlagen wir zunehmend dem High-Tech-Hype, der von elektronisch gesteuerten Kuschelwesen namens Furby, den Beyblades-Wettkampfkreiseln und den Gameboys (Colour und Advance) über Playstation und Nintendo bis zu Computerspielen jeder Art reichte.

Die Renner im weiblichen Lager waren Gesellschaftsspiele, Kaufmannsläden, Puppenstuben, Bastelbögen und – allen voran – Modepuppe Barbie mit den langen Haaren und dem schier unerschöpflichen Zubehör.

Kraftgören, Spürnasen und Pottermania

Nun endlich des Lesens mächtig, schmökerten wir ohne elterlichen Beistand in Kinderbüchern. Viele von uns starteten mit einem echten Lindgren-Klassiker ins eigene Leseabenteuer. Klar, dass es sich dabei um die starke, unerschrockene und herrlich unerzogene Göre mit roten Zöpfen und Sommersprossen handelte, die in der Villa Kunterbunt hauste und mühelos über Einbrecher, Schutzleute und Lehrerinnen triumphierte: Pippi Langstrumpf. Um gleich eines klarzustellen: Pippi war „unisex". Wir verfielen ihr alle! Davon abgesehen widmete sich die männliche Leserschaft vorwiegend Winnetou, Tom Sawyer und Co. und löste mit den Junior-Detektiven von TKKG und den Drei ??? knifflige Kriminalfälle. Viele Mädchen dagegen vertieften sich gerne in Pferde- und Internatsgeschichten und begleiteten Enid Blytons Fünf Freunde auf ihren Abenteuertouren. Aber egal, ob Wilde Kerle oder Wilde Hühner: Die Geschlechtertrennung beim Schmökern hatte sich spätestens erledigt, als mit Harry Potter der berühmteste Zauberlehrling aller Zeiten den magischen Virus in unseren Kinderzimmern verbreitete. Wir Muggel (Menschen ohne Zauberkraft) hielten die Luft an, wenn Harry im Zaubererinternat Hogwarts beim Quidditch auf seinem Feuerblitz durch die Lüfte fegte und mit seinen Freunden Ron und Hermine gegen den schwarzen Magier Lord Voldemort kämpfte.

Fesselnde Lektüre.

Die Pottermania, die Joanne K. Rowling mit dem ersten Band „Harry Potter und der Stein der Weisen“ 1997 in die Welt setzte, beherrschte uns mit insgesamt sieben Bänden ein geschlagenes Jahrzehnt – und mit den Verfilmungen der magischen Abenteuer noch weit darüber hinaus.

BSE erreicht Deutschland

Am 24. November 2000 wird bei einem Zufallstest in Schleswig-Holstein der erste amtlich bestätigte Fall der Rinderseuche BSE („Rinderwahn“) bei einem in Deutschland geborenen Rind festgestellt. Tatsächlich jedoch sind bis zu diesem Zeitpunkt in Deutschland bereits 24 BSE-Fälle bei britischen und schweizerischen Importrindern aufgetreten, die aber keine weiteren Maßnahmen zur Folge haben. Das bis dahin propagierte Märchen vom BSE-freien Deutschland kann nach dem ersten deutsch-internen BSE-Fall nicht mehr aufrechterhalten werden. Neben einem generellen Tiermehl-Fütterungsverbot für Nutztiere werden zudem BSE-Schnelltests für Rinder ab 24 bzw. 30 Monaten angeordnet. Eine wirkliche Sicherheit garantiert diese Maßnahme jedoch nicht. Einerseits sind die Testverfahren noch nicht ausgereift, andererseits greifen sie besonders bei jüngeren Rindern nicht: Viele Tiere werden geschlachtet, bevor der Erreger nachweisbar ist.

Vom 1. Januar 2001 bis zum 30. November 2008 werden in Deutschland knapp 18 Millionen Rinder auf BSE untersucht. Dabei werden 411 BSE-Fälle amtlich bestätigt, davon die meisten in Bayern (143), Niedersachsen (76), Baden-Württemberg (47) und Schleswig-Holstein (32).

Nach dem Höhepunkt von 125 BSE-Fällen im Jahr 2001 und 106 Fällen in 2002 geht die Tierseuche in Deutschland bis auf vier Fälle im Jahr 2007 und zwei Fälle in 2008 konstant zurück.

Null-Bock-Mentalität, Handyvirus und Mattscheiben-marathon

Unseren Text für Theateraufführungen lernten wir viel leichter als Gedichte von Goethe.

Schule – Das notwendige Übel

Nachdem wir die ersten vier Jahre unserer Schullaufbahn erfolgreich hinter uns gebracht hatten, kam mit der weiterführenden Schule die nächste Herausforderung auf uns zu. Egal, welche Schulform wir wählten: die Anforderungen wurden höher, der Lernstoff schwieriger und der Pennäleralltag durch weitere Fächer deutlich länger. So schlugen wir uns mit Fragen über die Beschaffenheit unseres Planeten und seiner Erdenbürger herum, paukten geschichtliche Daten, mathematische Gleichungen, chemische Periodensysteme und physikalische Gesetze. Wir verinnerlichten ethische und religiöse Grundsätze, lernten politische und wirtschaftliche Systeme kennen und büffelten neben deutscher Grammatik und Zeichensetzung zugleich die Vokabeln einer oder

Chronik

2. Januar 2001
Die Bundeswehr beginnt mit der Grundausbildung von Frauen an der Waffe.

20. Januar 2001
George W. Bush wird als neuer Präsident der USA vereidigt.

11. September 2001
Terroranschläge in den USA auf das World Trade Center und das Pentagon.

7. Oktober 2001
Als Reaktion auf die Anschläge vom 11. September beginnen die USA den Afghanistan-Krieg.

1. Januar 2002
Der Euro wird neue Währung in zwölf EU-Staaten sowie einigen Nicht-EU-Ländern.

30. Juni 2002
Bei der Fußball-Weltmeisterschaft in Japan und Südkorea gewinnt Brasilien das Endspiel gegen Deutschland mit 2:0.

Mitte August 2002
Jahrhundertflut an der Elbe und ihren Nebenflüssen.

20. März 2003 (bis 1. Mai 2003)
Aus „sicherheitspolitischen Gründen" kämpfen die USA und ihre Verbündeten gegen den Irak. Die Baath-Regierung unter Saddam Hussein wird gestürzt.

1. Februar 2003
Die Raumfähre Columbia der NASA bricht beim Wiedereintritt in die Erdatmosphäre auseinander. Alle sieben Besatzungsmitglieder kommen ums Leben.

1. Mai 2004
EU-Osterweiterung: Estland, Lettland, Litauen, Malta, Polen, Slowakei, Slowenien, Tschechien, Ungarn und Zypern erhöhen die Anzahl der EU-Mitgliedsstaaten auf 25.

23. Mai 2004
Horst Köhler wird von der Bundesversammlung im ersten Wahlgang zum neuen deutschen Bundespräsidenten gewählt und tritt am 1. Juli 2004 sein Amt an.

26. Dezember 2004
Seebeben im Indischen Ozean: 230 000 Menschen sterben.

Egal, wie und wo – der technische Fortschritt hatte uns fest im Griff.

mehrerer Fremdsprachen. Die künstlerisch-musischen Fächer und die sportlichen Aktivitäten waren ein eher geringer Ausgleich. Selbst unsere Freizeit war durch einen randvollen nachmittäglichen Terminkalender äußerst eingeschränkt.

In extremen Stimmungstiefs rebellierten wir mit besonderer Taktik gegen den Schulstress. Mit Leichenbittermiene gaukelten wir Kopf-, Zahn- und Bauchschmerzen vor, um nicht zur Schule gehen zu müssen. Dabei hatten wir in Wirklichkeit weniger gesundheitliche als vielmehr wissenstechnische Mängel zu beklagen. Es war halt einfach nicht zu schaffen gewesen, rechtzeitig die Englischvokabeln zu lernen, den Deutschaufsatz zu schreiben und die Matheaufgaben zu machen. Um aus solchen unangenehmen Situationen möglichst ungeschoren davonzukommen, zogen wir alle Notlügen-Manipulationsregister und entwickelten zudem besondere Facetten der Schauspielkunst. Das bittere Erwachen folgte kurz vor Schuljahresende. Angesichts des bevorstehenden Zensurenschlamassels heulten die Alarmsirenen und der Adrenalinspiegel schlug wahre Purzelbäume. Bereits Wochen zuvor zog die große Panik durchs Land – verschickt in adretter Briefform, gespickt mit der lapidaren Notiz „Versetzung gefährdet“. Hatten wir Wackelkandidaten am Ende die Versetzung doch gerade mal wieder geschafft, schmiedeten wir für das kommende Schuljahr hochtrabende Pläne. Wir würden unsere grauen Zellen mächtig in Fahrt bringen und kontinuierlich unseren Grips aufmöbeln, um uns solche Achterbahnfahrten der Gefühle künftig zu ersparen.

Die Welt hält den Atem an: Die Terroranschläge vom 11. September

Am Morgen des 11. September 2001 erschüttern terroristische Angriffe Ziele in New York, Washington und in der Nähe von Pittsburgh. Dafür verantwortlich sind Selbstmordattentate von Angehörigen der islamischen Terrororganisation Al-Qaida. Von vier gekaperten Passagierflugzeugen werden zwei in die beiden Türme des World Trade Centers (WTC) in New York gesteuert, die kurze Zeit später einstürzen. Ein weiteres rast in das Pentagon (Hauptsitz des US-amerikanischen Verteidigungsministeriums). Das vierte Flugzeug stürzt bei Pennsylvania nach Kämpfen zwischen Entführern, Besatzung und Fluggästen an Bord ab, ohne sein Ziel zu erreichen. Bei den Anschlägen sterben insgesamt ca. 3000 Menschen. Die Ereignisse dieses Tages und die damit verbundene Bedrohung von Sicherheit und Weltfrieden gelten als historische Zäsur: Die Terroranschläge verändern die Welt!

Als Reaktion auf die Anschläge beginnen US-Streitkräfte wenige Wochen später in Afghanistan den „Krieg gegen den Terrorismus“. Ihre Angriffe richten sich gegen die Terrororganisation Al-Qaida wie auch gegen das islamisch-fundamentalistische Taliban-Regime, dem man vorwirft, die Terrororganisation um Osama bin Laden zu unterstützen und zu schützen.

Im November und Dezember 2001 werden die Taliban-Hochburgen eingenommen, das Regime unter Mullah Omar in Kooperation mit innerafghanischen Oppositionsgruppen der Nordallianz gestürzt.

In der anschließenden „Operation Enduring Freedom“ stehen Sicherheits- und Aufbauaspekte im Mittelpunkt. Unterstützt werden diese durch eine Internationale Sicherheitshilfstruppe (International Security Assistance Force, ISAF), umgangssprachlich auch Schutztruppe genannt, unter NATO-Führung. Am 22. Dezember stimmt der deutsche Bundestag der Beteiligung deutscher Soldaten am ISAF-Einsatz als erstem außereuropäischem Kampfeinsatz für Bundeswehrangehörige zu. Im Rahmen des ISAF-Einsatzes sterben bis Ende 2008 insgesamt 862 Soldaten, davon 30 Deutsche.

Big Harry, Bewohner des Big-Brother-Containers, scheut auch im wirklichen Leben die Öffentlichkeit nicht.

Dramatik und Tränen – Seifenopern und Castingfieber

Als Ablenkung für unseren neuen Schulstress kamen die täglich ausgestrahlten Seifenopern gerade recht. Dabei hatten einige der billig produzierten, zugleich aber mit bombastischen Werbeeinnahmen gesegneten Endloskreationen unser Leben schon seit frühester Kindheit begleitet. 1992 startete „Gute Zeiten – Schlechte Zeiten“ auf RTL als Urmutter aller Daily Soaps. Auch in den GZSZ-Nachfolgern „Marienhof“, „Unter uns“, „Verbotene Liebe“ und „Alles was zählt“ fesselten uns Themen wie Liebe und Trennungsschmerz, Intrigen und Machtkämpfe, Homosexualität, Internetbeziehungen und Suchtverhalten an den Bildschirm. Zweifellos waren wir ein attraktives Zielgruppenpublikum. Tatsächlich hatte der Seifenopern-Hype bereits im Jahr 1985 mit der „Lindenstraße“ als wöchentliche Dauerbrenner-Fließbandproduktion begonnen. Im Gefolge der Soaps überrollten uns im neuen Jahrtausend die Telenovelas mit „Verliebt in Berlin“ an der Spitze. Mehr oder weniger am Rande erweckten Talk-, Gerichts-, Quiz- und Kochshows unsere Aufmerksamkeit. Dagegen ließen uns Reality-Formate rund um Erziehung, Jugendcamps und Streetworker-Alltag, vor allem aber die Demonstration einer totalen „Big Brother“-Überwachungsmentalität, staunend vor der Glotze hocken. Zudem verfielen wir neben Animes wie Sailor Moon, Pokémon und Digimon irgendwann dem Casting-Show-Fieber.

Während wir uns allerhöchstens mit schrägen Tönen dem Playback-Gesang im heimischen Wohnzimmer hingaben, wagten sich mehr oder weniger talentierte Sanges- und Unterhaltungskünstler in die Öffentlichkeit. Der Castingwahn begann mit „Popstars“ und setzte sich mit der knallhart kommentierten Superstar-Suche bei „DSDS“ fort. „Star Search“ verhalf neben Sängern auch Comedians und Models zu kurzzeitigen Karrieren.

Das Elbe-Hochwasser erreicht sogar die Semperoper in Dresden und richtet Millionenschäden an.

Jahrhundertflut in Deutschland, Tsunami im Indischen Ozean

Im August 2002 lösen ausgiebige Regenfälle in den Alpen, dem Erz- und Riesengebirge, in Italien, Tschechien, Polen und Deutschland schwere Überschwemmungen und verheerende Schlammlawinen aus. Im Hinblick auf das dadurch verursachte Hochwasser der Elbe und ihrer Nebenflüsse sind in Deutschland die Bundesländer Sachsen und Sachsen-Anhalt besonders betroffen. Brücken werden weggerissen, Straßen unterspült, Häuser überflutet, die Strom- und Telefonversorgung bricht zusammen. Dörfer müssen evakuiert werden und sind von der Außenwelt abgeschnitten. Große Schäden richtet das Hochwasser in Dresden an. Semperoper, Zwinger, staatliche Kunstsammlungen mit Gemäldegalerie und viele weitere historische Bauwerke verzeichnen Millionenschäden. Der Gesamtschaden in Deutschland beträgt 15 Milliarden Euro.

Noch ganz andere Ausmaße hat 2004 ein Seebeben im Indischen Ozean (Stärke 9,1), dessen Epizentrum nahe Sumatra liegt. Die daraus entstehende, bis zu zehn Meter hohe Flutwelle (Tsunami) verwüstet weite Teile von Indonesien, Thailand, Indien, Sri Lanka und Malaysia. 230 000 Menschen kommen ums Leben. Infolge des Unglücks wird ein Frühwarnsystem installiert.

Fantasy-Geschichten wie „Herr der Ringe“ faszinierten uns.

Fantasien im Kinosessel

Apropos Kino: Auch die Lichtspieltheater waren mittlerweile zu einem beliebten abendlichen Zeitvertreib für uns geworden. Begeistert traten wir in der cineastischen Welt dem Fan-Club von Wilden Hühnern und Wilden Kerlen bei. Auch zog uns Zauberlehrling Harry Potter bei seinen Leinwandabenteuern gegen den Dunklen Lord geradezu magisch in die Kinosessel. Kurze Zeit später, im „Herr der Ringe“-Fieber, stärkten wir zumindest mental die pelzfüßigen Hobbits beim Kampf um Mittelerde gegen grunzende Trolle, monströse Untote und einen finsteren Herrscher. Daneben gingen wir auf Action-Kurs mit Captain Jack Sparrows Karibikpiraten, stürzten uns mit dem Gladiator ins Monumentalfilmgeschehen, tauchten im Krieg der Sterne in ferne Galaxien ein und beneideten den Spinnenmann um seine Superkräfte.

Vom Pop-Sofa zum Time-Sofa – Comedy wird Kult

Jenseits von Jugend-, Fantasy- und Action-Kinoknüllern zog uns seit Beginn des neuen Jahrtausends die Leinwand-Comedy magisch in die Kinosessel. Dabei wurde Michael „Bully“ Herbigs „Schuh des Manitu“ (2001) mit den schrägen Akteuren Abahachi, Winnetouch, Ranger und Uschi mit knapp zwölf Millionen Zuschauern zum Publikumsrenner. Drei Jahre später strapazierte

Herbigs Sci-Fi-Parodie „(T)Raumschiff Surprise“ unsere Lachmuskeln. Als sich die Homo-Astronauten Mr. Spuck, Käpt'n Kork und Schrotty mit ihrem Time-Sofa ins Mittelalter und den Wilden Westen zurückbeamten, blieb kein Auge trocken.

Daneben wurden Ottos „Sieben Zwerge“-Filmkomödien zu einer echten Leistungsschau der deutschen Comedy-Szene. Auch im Fernsehsessel war Comedy mittlerweile Kult. Mit „Samstag Nacht“ präsentierte uns RTL die Urmutter dieses Fernsehformats. „Rickys Popsofa“, Brisko Schneiders „Sex TV“ und der Erfindungswahn von Rentner Herbert Görgens blieben unvergessen. Einen ähnlichen Effekt lösten die gnadenlosen TV-Parodien und Imitationen bei „Switch reloaded“ aus. Dabei bekamen TV-Brutzler Mälzer und „TV total“-Rüpel Raab ebenso ihr Fett weg wie Schuldnerberater und Super-Nanny, Talkmaster, Werbestrategen, Nachrichten-Crews, Tölzer Bullen und Gangsta-Rapper.

Infolgedessen wetteiferten unzählige Comedy-TV-Formate in Form böser Mädchen, schriller Ladykracher, spießiger Hausmeister, chaotischer WGs und eines Prolls aus Essen-Kray um unsere Gunst. In unserer Beliebtheitsskala ganz vorn lagen zudem der humorvolle Promi-Wochenrückblick in „7 Tage – 7 Köpfe“, die Situationskomik der liebenswert-chaotischen Raterunde von „Genial daneben“ und die Improvisations-Comedy der „Schillerstraße“. Infolge dieser Entwicklung wurden Livecomedy-Veranstaltungen fast ebenso beliebt wie Rock-Konzerte. Ablachen mit Horst Schlämmer, Maddin Schneider, Paul Panzer, Mario Barth und Cindy aus Marzahn & Co. war angesagt.

Weltrekordler mit scharfer Zunge – Comedian Mario Barth seziert zwischenmenschliche Beziehungen.

Ein Leben ohne Handy – für uns unvorstellbar.

Drohender Konsumwahn und pubertärer Alleingang

Ganz ohne eigenes Zutun rückte unaufhaltsam jene Zeit heran, in der dank fortschreitender körperlicher Entwicklung jede Menge Stimmungsschwankungen und Seelenkrisen unser Leben bestimmten. Die Pubertät hatte uns fest im Griff. Manchmal träumten wir geistesabwesend vor uns hin und starrten gedankenverloren aus dem Fenster. Dann wieder nörgelten und motzten wir lautstark herum, waren unordentlich, frech, laut und launisch.

Wir dudelten Techno auf voller Lautstärke, brachten die Playstation zum Glühen und traktierten stundenlang unsere Handys. Die nutzten wir schon lange nicht mehr nur zum Telefonieren. Schließlich waren ja nicht umsonst Funktionen wie Spiele, Digitalkamera und Klingelton-Download in das Mini-Wunderwerk integriert. Im Hinblick auf die geschickten Verführungstricks der Werbung und das entsprechende (Über-)Angebot von Waren und Freizeitmöglichkeiten wurden einige von uns zu hilflosen Konsumopfern. Unseren Wünschen nach Fernseher, PC, Stereoanlage, Handy, Edel-Bike, Designerklamotten sowie regelmäßigen Disco-, Kino- und Konzertbesuchen folgten harte Finanzdebatten zu Hause. Prassen statt sparen wäre schön gewesen, funktionierte aber nicht. So blieb uns nur die Möglichkeit, durch Nebenjobs die gähnende Leere in der Geldbörse zu vertreiben. Mit Babysitten, Zeitungaustragen und Supermarktregale-Auffüllen wurde jeder Euro hart erarbeitet. Lerneffekt dessen war, dass wir die Moneten anschließend mit deutlich mehr Bedacht ausgaben.

Ohne Computer ging gar nichts –
ob in der Freizeit oder in der Schule.

Mehr noch als mit unserem Konsumwahn trieben wir unsere Eltern mit unserem bockigen Pubertätsverhalten zur Verzweiflung. Wir wollten unsere Ruhe haben, wir wollten tun und lassen, was uns gefiel. Auf Ansage unsere Zimmer aufzuräumen war der blanke Horror. Eine pedantisch ordentliche Bude widersprach unserer kreativen Entwicklung, davon waren wir überzeugt. Jugendliches Chaos contra hausinterne Regierungsanweisungen – ein Problem, so alt wie die Welt. Die hochexplosive Mischung aus Trotz, Besserwisserei, Verweigerung, Agressivität und Tränen war der Preis dafür, dass wir dem Leben unseren eigenen Stempel aufdrücken und uns von unseren Eltern abgrenzen wollten. Die Suche nach dem eigenen Platz in der Welt war anstrengend.
Der Weg zur eigenen Identitätsfindung war steinig, aber notwendig. Wir wollten endlich erwachsen werden. Und wir waren neugierig aufs Leben.

Die erste Liebe – wie tausend Schmetterlinge

Bald schon kamen auch unsere Liebesgefühle in Wallung. Plötzlich erwuchs aus einer blöden Gans ein schöner Schwan und aus einem albernen Schmalhans ein Märchenprinz. Händchen halten. Der erste Kuss. Wir fühlten uns wie vom Blitz getroffen. Wir waren zum allerersten Mal unsterblich verliebt, mit diesem gewaltigen Durcheinander der (Glücks-)Gefühle und einem unablässigen

In der Liebe waren wir noch etwas unbeholfen.

Kribbeln im Bauch, als flatterten dort tausend Schmetterlinge. Jede leidenschaftliche SMS, jeder schwer finanzierte Kinobesuch, jede kleine Aufmerksamkeit waren ihr Geld wert, davon waren wir überzeugt.

Leider aber waren die ersten Beziehungen meist nicht von langer Dauer. Schluss. Aus. Vorbei. In der Folge nagten wir an enttäuschten Hoffnungen, blieben mit gebrochenen Herzen zurück. In unserer Herz-Schmerz-Lethargie suchten wir Trost und Hilfe nicht nur in den Kummerkästen von Jugendzeitschriften wie Bravo und Mädchen, sondern auch im vorabendlichen TV-Programm.

Der Amoklauf von Erfurt

Mit seiner Bluttat im Erfurter Gutenberg-Gymnasium am 26. April 2002 hält der 19-jährige Robert Steinhäuser ganz Deutschland in Atem. Gegen 10.46 Uhr dringt er in das Gebäude ein und erschießt innerhalb weniger Minuten zwölf Lehrer, eine Sekretärin, zwei Schüler und einen Polizisten. Anschließend tötet er sich selbst. Ein halbes Jahr zuvor war Steinhäuser noch Schüler des Gymnasiums gewesen, wurde jedoch wegen eines Vergehens von der Schule verwiesen. Der fehlende Schulabschluss und die entsprechend schlechten beruflichen Perspektiven werden als Motive für den Amoklauf angenommen. Zudem geraten infolge des Massakers insbesondere die Ego-Shooter-Computerspiele, umgangssprachlich als Killerspiele bezeichnet, in die Kritik. Verschärfte Regelungen im überarbeiteten Jugendschutzgesetz sind die Folge.

Nicht nur die Profikicker können mit dem runden Leder umgehen.

Radrennen unter Wasser – eine ungewöhnliche Sportkombination.

Locker bleiben am Ball, auf Brettern und Rollen

Ob Leichtathletik, Wintersport, Tennis, Schwimmen, Eishockey oder die unterschiedlichsten Ballsportarten: Viele Jugendliche unserer Generation widmeten sich den traditionellen Sportarten, allen voran dem Fußball. Andere dagegen suchten im Funsport ihre Herausforderung. Leistungsdruck und Trainingsplan ade, hier zählten allein der Spaß an der Sache und das Gemeinschaftserlebnis. Streetball (Basketball) und Streetsoccer (Fußball) vermittelten ein eigenes Lebensgefühl. Ähnliches galt auch beim Skaten, Surfen, Boarden und Biken. Dabei bescherten uns artistische Tricks, wendige Sprünge und atemberaubende Flugfiguren manche Schramme. Für kleine Blessuren sorgten häufig auch spezielle Hindernisparcours mit Rampen, Mauern, Treppen, Parkbänken und Mülltonnen. Jedes Objekt wurde zum Prüfstein für Mut, Kondition und Reaktionsvermögen, für Körperbeherrschung, Geschicklichkeit und ausgefeilte Fahrtechnik. Verloren wir die Balance, blieb im Notfall nur der kontrollierte Abgang. Das nahmen wir in Kauf, um unseren Sport zu fühlen und zu leben.

Sportlichkeit verlangte auch das Einstudieren von Tanzchoreografien.

2005–2009

Mit Vollgas in die Volljährigkeit

Starkult mit Ohnmachtsfaktor

Kreischende und weinende, völlig auf-, über- und abgedrehte Jugendliche waren ebenso charakteristisch wie eine stampfende und tobende Teenie-Meute. Massenhysterie war angesagt, wenn nach stunden- und manchmal tagelangem Warten vor Konzerthallen nun endlich der Live-Auftritt unserer Pop-Idole in greifbare Nähe rückte. Wir mischten zumeist ganz vorn mit in dem Hexenkessel und ließen uns mitreißen vom allgemeinen Hype. Zu jener Zeit schwappte vor allem das Boy- und Girl-Group-Syndrom unaufhaltsam auf uns über. Die Star-Konstellationen aus den Laboren findiger Produzenten waren vor allem Ziele weiblicher Anhimmeltechnik. So schlossen die Backstreet Boys jene Lücke, die Take That mit ihrem Rücktritt im Jahr 1996 hinterlassen hatte. Daneben begeisterten uns Caught In The Act, Boyzone, 'N Sync sowie West-

Chronik

19. April 2005
Nach dem Tod von Papst Johannes Paul II. wird der Deutsche Joseph Ratzinger vom Konklave 2005 zum neuen Papst Benedikt XVI. gewählt.

18. September 2005
Vorgezogene Wahlen zum Deutschen Bundestag: Künftig regiert eine große Koalition aus CDU/CSU und SPD mit Angela Merkel als Bundeskanzlerin.

9. Mai 2006
Armin Meiwes, der Kannibale von Rotenburg, wird zu lebenslanger Freiheitsstrafe verurteilt. Er hatte einen Menschen getötet und Teile der Leiche gegessen.

6. Juni bis 9. Juli 2006
Fußball-WM in Deutschland. Italien wird Weltmeister.

23. August 2006
Der Österreicherin Natascha Kampusch, die 1998 als Zehnjährige in Wien entführt wurde, gelingt nach acht Jahren Gefangenschaft die Flucht vor ihrem Entführer.

5. Dezember 2006
Eisbär Knut wird im Berliner Zoo geboren und entwickelt sich unter der Fürsorge seines Ziehvaters Thomas Dörflein zum bärigen Superstar.

18. Januar 2007
Orkan Kyrill fegt mit Böen bis 225 Stundenkilometer über Europa. In Deutschland verursacht Kyrill acht Milliarden Euro Schaden, 13 Menschen sterben.

6. bis 8. Juni 2007
Beim G8-Gipfel in Heiligendamm ist der Klimaschutz eines der Hauptthemen.

17. Oktober 2008
Die Bundesregierung legt einen „Finanzmarktstabilisierungsfonds" für die von der US-Banken- und Finanzkrise betroffenen deutschen Banken auf.

4. November 2008
Der Demokrat Barack Obama wird als erster Afroamerikaner zum US-Präsidenten gewählt.

11. März 2009
Beim Amoklauf von Winnenden und Wendlingen erschießt der 17-jährige Tim K. 15 Menschen und richtet sich anschließend selbst.

Eine Open-Air-Veranstaltung war für uns das Größte.

life, die Spice Girls, Sugar Babes, Pussycat Dolls, Atomic Kitten und Destiny's Child.

Aber auch andere Gruppen und Solisten eroberten unsere Ohren. Aus den Musikregalen deutscher Interpreten pflückten wir die Mucke von Rosenstolz, Juli, Silbermond und Wir sind Helden. Am Aufstieg der Magdeburger Jungs von Tokio Hotel hatte insbesondere die junge Damenfraktion erheblichen Anteil. Daneben sorgten internationale Stars wie Bon Jovi, Justin Timberlake, Bruce Springsteen und Robbie Williams, Britney Spears und Christina Aguilera dafür, dass unsere Zimmer zu echten Sammellagern wurden. Wir bepflasterten Wände und Schränke, unsere Rucksäcke, Schulbuch-Einbände und Schreibmappen mit Postern und Stickern unserer Idole. Dank Musiksendern wie VIVA und MTV saugten wir ihre Videos regelrecht ein. Und unser Taschengeld investierten wir komplett in CDs, Pop-Zeitschriften, Bettwäsche und T-Shirts sowie Konzertkarten. Irgendwann ging auch dieser ganz normale Wahnsinn vorbei – und wich einer härteren Gangart.

Wenn auch nur im Fernsehen – das WM-Sommermärchen 2006 ging nicht spurlos an uns vorüber.

Sportliche Überflieger

Zu einem „Sommermärchen" wurde die WM 2006 im eigenen Land: Sommerwetter, Public Viewing und begeisterte Fans lösten eine mitreißende Euphorie aus. Dass das deutsche Klinsi-Team am Ende auf Platz drei hinter Weltmeister Italien und Frankreich lag, störte dabei kaum noch jemanden. Im Jahr 2008 hätte es für die Nationalkicker unter Trainer Jogi Löw fast wieder zum Europameistertitel gereicht. Leider besiegte Spanien unsere Mannen mit 1:0. Echt schade!

Wacker schlugen sich auch unsere deutschen Fußball-Frauen mit WM-Siegen 2003 (2:1 gegen Schweden) und 2007 (2:0 gegen Brasilien).

Zudem lösten die deutschen Handballer mit ihrem walrossbärtigen Trainer Heiner Brand Begeisterung aus: Die Erfolge als Vize-Weltmeister 2003, Europameister 2004 und Weltmeister 2007 im eigenen Land konnten sich sehen lassen.

Modemätzchen mit Spielraum

Wie die Musik, so prägte der Stilmix auch unsere jugendliche Mode. Setzten wir im weiblichen Lager auf körperbetonte Oberteile und Hüfthosen, so ging der Trend in der männlichen Jugendmode zu den weit geschnittenen Baggy Pants aus der Hip-Hop- und Skaterszene. Die ausgebeulten Hosen, deren Schritt fast zwischen den Knien baumelte, ergänzten wir mit coolen Kapuzenshirts und abgefahrenen Basecaps. Daneben gehörten die Tims, die Boots von Timberland, ebenso zur Standardausrüstung moderner Nomaden wie sportliche

Lässige Outfits waren auch bei sportlichen Aktivitäten angesagt.

Sneaker vom Crosstrainer bis zum Skaterschuh. Neben der Jeans als modischem Dauerbrenner hüllten wir uns auch in Army Cargo Pants, dank unzähliger aufgenähter Taschen eine äußerst praktische Angelegenheit. Überhaupt war strapazierfähige Kleidung aus laborerprobten High-Tech-Materialien mit vielen funktionellen Details für uns ein angesagtes Outfit. Natürlich fanden auch Designerklamotten mit den unübersehbaren Symbolen auf Brust und Rücken ihre konsumorientierten Liebhaber.

Aber nicht jeder von uns war ein Modeopfer mit vollem Kleiderschrank und blank geputztem Bankkonto. Nicht jeder beugte sich den gesellschaftlichen Stil- und Markendiktaten im undurchdringlichen Modedschungel. Als rebellische Antwort auf die angesagten Modemätzchen präsentierten wir uns zuweilen ganz bewusst in einer dezenten Shirt-Hose-Grundausstattung ohne modischen Schnickschnack. Am liebsten aber kreierten wir aus individuellen Stücken einen ganz eigenen Kreativmode-Stilmix mit allen (un)möglichen Kombinationen. Die zu neuem Ruhm gelangten Badelatschen,

Im legeren Freizeit-Look präsentierten wir uns auf Klassenfahrten.

Ganz ohne Markenklamotten kam auch unser 91er-Jahrgang nicht aus.

als Flip-Flops bezeichnet, gehörten unbedingt dazu, wie ungewöhnlich auch immer die Kombination war.

Ungewöhnlich war auch die Entwicklung der Haarpracht mancher männlicher Zeitgenossen. Die Probanden raspelten ihre ehemals langen Mähnen streichholzkurz und blondierten diese nach Scooter-Vorbild. Ganz Mutige ließen sich das Haupthaar nach den Originalen von Beckhams Streifenmuster oder Effes Tigerdesign stylen.

Nicht kleckern, sondern klotzen hieß es in Sachen Piercings und Tattoos. Schließlich hatte sich die Kunst am Körper mittlerweile als persönliches Stilelement durchgesetzt. So ließen wir uns in stundenlanger schmerzhafter Prozedur Fantasymotive, Ornamente und Schriftzüge in tiefer gelegene Hautschichten inken.

Jugendsprache: Die Generation „flex"(ibel) startet durch

Tatsächlich waren wir Jugendlichen einem so schnellen Wandel unterworfen wie keine Generation zuvor. Wir mussten flexibel, kreativ und hellwach sein, um den Durchblick zu behalten. Die rasante technologische Entwicklung, das wachsende Medienangebot, das Nebeneinander unterschiedlicher Stil-, Szene- und Modewelten und die Multikulti-Gesellschaft gaben Takt und Ton an. Und genau dieses Phänomen spiegelte sich auch in unserer (Jugend-) Sprache. Neben dem Deutschtürken-Stilmix (Isch schwör, Gipsuhär) gehörten vor allem Anglizismen zum allgemein verstandenen Wortschatz. So saßen User vor den Screens und chatteten in den Räumen des Cyberspace.
Funsportler suchten beim Skaten, Surfen und Snowboarden den ultimativen Kick. Und die Hip-Hop- und Techno-Kulturen zeichneten sich durch b-boying, rappen und writing, durch scratchen und raven aus. Munter vermischten sich Begriffe in einem umgangssprachlichen Crossover und prägten Bereiche wie Sport, Musik, Mode, Computer, Partnerschaft und Partykultur. So waren

Wir waren in vielen Belangen „multikulti“ – ob in Musik, Mode oder Sprache.

wir stets am Start, um eine Party zu burnen, uns den galaktischen Vibes hinzugeben, abzuhotten und bei Events abzufeiern.

Um nichts zu verpassen, war für die echten Szenejäger unter uns das Party-hopping ein Must-have. Dabei spotteten wir durch die Gegend und cruisten durch die Nacht. Andererseits genossen wir es, in relaxtem Ambiente zu chillen und in Parks, Fußgängerzonen oder auf Parkplätzen abzuhängen. Zum Abturnen hingegen fanden wir prollende Assis, erfolglose Dates, einen schlechten Sound und miese Locations.

Unser Leben zwischen Maus und Monitor

Schon lange hatte sich auch die Computerwelle unaufhaltsam den Weg in unsere vier Wände gebahnt. Sobald die Denkmaschine mit Tastatur, Maus und Monitor erst einmal auf dem Schreibtisch geparkt war, hatte uns bald schon das Internetfieber fest im Griff. Bei jedem Klick auf die Maustaste öffneten sich neue Welten. Mit Vorliebe surften wir durch die unendlichen Weiten des Cyberspace, das uns mithilfe von Suchmaschinen gezielte Informationen lieferte. In angesagten Spielen bauten wir uns artificial und second lives auf und eiferten virtuell animierten Kunstfiguren nach. Unsere populärste Cyber-heroine wurde Lara Croft aus der Spielreihe Tomb Raider. Während Online-Banking, -Shopping und -Dating vorwiegend unseren volljährigen Kameraden vorbehalten blieb, wickelten wir zumindest unseren Briefwechsel per E-Mail in Sekundenschnelle ab. Daneben nutzten wir kostenfreie Videoportale wie YouTube als Alternative zum langweiligen Fernsehprogramm. In Chats plauderten wir stundenlang mit Usern aus aller Herren Länder und beamten private Daten und tiefe Lebenseinblicke bis in die hintersten Zipfel unseres Planeten. Per Webcam speisten wir die zugehörigen Live-Bilder ins Netz. Der freiwillige Exhibitionismus setzte sich fort in Internetforen wie „Studi-VZ“, „Schüler-VZ“ und „Wer kennt wen“. Dabei entwickelten wir unseren eigenen Chat-Slang. In dieser stark verkürzten und verschlüsselten Ausdrucksweise bekamen kombinierte Zeichen, Ziffern und Buchstaben eine ganz neue Bedeutung. Sie fungierten als typografische Brüllmethode, drückten Gefühle und Stimmungen aus und wurden zu allgemein gebräuchlichen Floskeln wie thx (thanks), lol (laughing out loud) oder c u (see you).

Aber es gab ein Leben neben dem Computer. Zweifellos wäre es schade gewesen, wenn wir Musik, Kino, Partys, das Abhängen mit „realen“ Freunden und natürlich den Sport als Ausgleich aus den Augen verloren hätten.

Hurrikan „Katrina“ – eine amerikanische Katastrophe

Ende August 2005 rast Hurrikan Katrina mit bis zu 280 Stundenkilometern über den Süden der USA hinweg. Mit 1800 Toten und einem Sachschaden in Höhe von 81 Milliarden Dollar wird Katrina zu einer der schwersten Naturkatastrophen in der Geschichte der USA.

Besonders betroffen ist New Orleans: 80 Prozent des Stadtgebietes stehen unter Wasser. Der Superdome, ein Multifunktionskomplex in New Orleans, dient als Notunterkunft für Schutzsuchende. Eine Woche lang leben 30 000 Menschen unter teilweise unmenschlichen Bedingungen in dem Gebäude. Der Hurrikan deckt Teile des Daches ab, die Toiletten funktionieren nicht, die Nahrungsmittelversorgung wird knapp, die Seuchengefahr steigt. Gegen eine Evakuierung des Gebäudes jedoch wehren sich die Menschen zum Teil mit Gewalt. Im Convention Center haben weitere 15 000 Menschen Zuflucht gesucht. Sie erhalten keinerlei Unterstützung und müssen tagelang völlig ohne Wasser und medizinische Versorgung unter miserablen hygienischen Bedingungen ausharren.

Unter diesen chaotischen Zuständen können Polizei und Militär die Sicherheitslage nicht aufrechterhalten. Einbrüche, Plünderungen, Vergewaltigungen und Morde sind die Folge. Scharfe Angriffe richten sich gegen die US-Regierung, die Hilfeleistungen nur zögerlich und völlig unzureichend organisiert.

Musikleidenschaft im Hardcore-Mäntelchen

In unserem nächsten Musikgeschmack-Level waren härtere Rhythmen in Form von Techno, Hip-Hop, Punk und Heavy Metal angesagt. Mit Eminem, 50 Cent, Snoop Dog, Sido und Bushido, Green Day, Linkin Park, Iron Maiden, Black Sabbath, Motörhead, Nightwish, AC/DC und Metallica, den Toten Hosen, Fettes Brot, Fanta4, den Ärzten und Scooter war volle Dröhnung in allen Gehörgängen garantiert. Zu einer regelrechten Lebensform unserer Generation wurde der Hip-Hop, musikalisch geprägt durch den rhythmischen Sprechgesang ohne Punkt und Komma. Als inhaltliche Extremform feierten wir Gangsta- und Ghetto-Rap. Währenddessen tobten Jugendschutz und Kontrollinstanzen angesichts deren agressiver Lyrics und der zuweilen deftigen Kraftausdrücke. Beim Breakdance als tänzerischer Ausdrucksform des Hip-Hop spulten die Asphaltartisten unter uns ein wahres Feuerwerk aus akrobatischen Sprüngen, roboterhaften Bewegungen und kunstvollen Headspins ab.

Auch der Techno mit seinen stampfenden Takten, den harten synthetischen Rhythmen und zahlreichen Unterarten von Jungle bis Trance verkörperte das Lebensgefühl unserer Generation. Die Veranstaltungsorte von Techno-Partys muteten mit ihrem Industriecharakter so düster wie ungewöhnlich an. Ausgediente Lagerhallen, alte Fabrikgebäude und ehemalige Bunker standen in Kontrast zur Love-Parade als öffentlich prunkvoll zelebriertem Großevent. Mit ihren Festwagen und den stundenlang monoton hämmernden elektronischen Beats lockte sie Millionen ekstatisch-tanzwütiger und zumeist (halb-)nackter Technojünger an.

Bunt, schrill, verrückt – die Pubertät brachte Farbe in unser Leben.

Eingefleischte Fans unter uns gaben sich den von DJs wie Sven Väth, Westbam und DJane Marusha gemixten synthetischen Rhythmen gern hin und verwandelten das Berliner Großstadtpflaster rund um Gold-Else und Brandenburger Tor in einen riesigen Dancefloor.

Neben und inmitten dieser Musiktendenzen waren auch deutschsprachige Texte angesagter denn je. Mit Rammstein, Oomph und anderen Teutonenrockern erkämpfte sich die neue deutsche Härte ihren Platz in den Charts mit harten Gitarrensounds und düsteren Gesängen. Angesichts der Vielfalt musikalischer Stilrichtungen war es letztendlich Geschmackssache, zu welchem Musikstil jeder Einzelne von uns tendierte.

Für ein zünftiges Badevergnügen machten wir selbst die Nacht zum Tage.

Die wenige Freizeit genossen wir im Sommer im Schwimmbad.

Leistungsdruck und die Folgen

Neben der ohnehin knapp bemessenen Freizeit war die Schule noch immer unser Hauptbetätigungsfeld. Allerdings mussten wir uns zuweilen ordentlich zusammenreißen, um die Sache durchzuziehen.

Eigentlich hätten wir uns an den gesellschaftlich verordneten Leistungs- und Anpassungszwang ja längst gewöhnen müssen. Schließlich prasselte das Konkurrenzdenken schon in jüngsten Jahren auf uns nieder. Wer ist früher sauber? Wer kann eher laufen? Wer kann besser sprechen? Statt die individu-

elle Entwicklung zu respektieren, trimmte uns die Gesellschaft auf ein vorgegebenes Leistungsniveau. Die unrühmlichen PISA-Ergebnisse waren aus unserer Sicht eine logische Folge dieser Entwicklung. Als weitere Rückwirkung bildeten wir vermehrt moderne Zivilisationskrankheiten aus. Verhaltensauffälligkeiten, Lern- und Sprachstörungen, Aufmerksamkeitsdefizite und Hyperaktivität schienen unsere Generation besonders zu charakterisieren.
In schlimmster Konsequenz lockte beim Fall durch das gesellschaftliche Raster die Sucht mit ihren vielen Gesichtern. Kaufrausch und Spielsucht, Flatrate-Saufen und Drogenkriminalität. Verlockende Angebote lauerten überall, der Gruppenzwang war allgegenwärtig und wir selbst in dieser Entwicklungsphase besonders „störanfällig". Manche von uns schnupperten an der Gefahr, andere hielten sich fern, einige schlitterten hinein. Wohl dem, der mit einer gefestigten Persönlichkeit ausgestattet war und dem Risiko trotzte. Schließlich wussten wir doch alle, dass die Drogenleiter nur in eine Richtung führt: nach unten.

Der G8-Gipfel in Heiligendamm – Die Fieberkurve unseres Planeten steigt

Klimaerwärmung und Klimawandel sind seit dem neuen Jahrtausend heftig diskutierte Themen. Der Brisanz des Themas entsprechend wird auch der vom 6. bis 8. Juni 2007 in Heiligendamm stattfindende Weltwirtschaftsgipfel regelrecht zum Weltklimagipfel. Unter deutscher Präsidentschaft soll beim Treffen der sieben führenden Industrienationen und Russlands nun endlich ein Konsens in der Klimaschutzpolitik gefunden werden. Gemeinsam will man sich dem Klimawandel entgegenstemmen, um die Fieberkurve unseres Planeten zu senken. Dabei geht es um die Minderung von Treibhausgas-Emissionen, Energieeffizienz und den Ausbau erneuerbarer Energien.

Einen Problemfaktor in dem gemeinsamen Streben stellen die Amerikaner dar. Seit Jahren bestreitet die Regierung Bush bereits, dass der Ausstoß von Kohlendioxid mit der Erwärmung der Erdatmosphäre in Zusammenhang stehe. Bindenden Zusagen und verbindlichen Zielmarken gegenüber einer CO2-Reduktion haben sich die Amerikaner bislang entzogen. Auch am Ende dieses G8-Gipfels haben die acht Staatschefs keine konkreten Maßnahmen festgeschrieben. Zumindest aber einigen sie sich darauf, eine Reduzierung des Treibhausgases um 50 Prozent bis 2050 „ernsthaft in Betracht zu ziehen". Beim G8-Gipfel in Toyako (Japan) ein Jahr später bestätigen die Regierungschefs ihre „gemeinsame Vision", den Ausstoß von Treibhausgasen zu halbieren.

Gewalt und Rassismus hatten für uns keinen Platz – weder in der Schule, noch sonst irgendwo.

Wir waren politisch interessiert – nicht nur das vereinte Europa hatten wir im Blick.

Politiklust oder -frust: Unser Interesse am Weltgeschehen

Seit einiger Zeit hatten wir das politische Geschehen um uns herum fest im Blick. Vieles mussten wir aus der Vergangenheit aufarbeiten, anderes wiederum bekamen wir dank allgegenwärtiger Medienpräsenz beinahe hautnah in die heimischen vier Wände geliefert. Dazu gehörten auch die Terroranschläge am 11. September 2001 in den USA, die in wenigen Minuten die Welt veränderten. Die damit zusammenhängenden Krisenherde in Afghanistan und im Irak wie auch die ständig schwelenden Kämpfe in den israelisch-palästinensischen Gebieten beschäftigen uns bis zum heutigen Tag. Nicht alle von uns blickten schweigsam auf die Ereignisse in Deutschland, Europa und der Welt. Viele protestierten gegen Bildungs-, Gesundheits-, Sozial-, Wirtschafts- und Arbeitsmarktpolitik im eigenen Land.

Grund für Demonstrationen waren auch die Krisenherde in Ost- und Südosteuropa, die amerikanischen Interventionen und Kriege im Nahen Osten, die zögerlichen Entscheidungen hinsichtlich des Elends in den Entwicklungsländern und die halbherzigen Bemühungen in Sachen Klimapolitik. In vielen Belangen konnten sich die Oberen dieser Welt nur langsam zu einer gemeinsamen Richtung durchringen. Wenn statt unergiebiger G8-Gipfel weltweit stattfindende Großkonzerte wie „Live 8“ oder „Live Earth“ als musikalisch-politischer Protest gegen Armut und Klimawandel dazu beitrugen, auf brisante Situationen in der Welt aufmerksam zu machen – umso besser.

Barack Obama – Der amerikanische Hoffnungsträger

„Change", „Hope" und „Yes, we can" – mit diesen Versprechen erobert der demokratische Präsidentschaftskandidat Barack Obama die Herzen seiner amerikanischen Landsleute. Der ehemalige Senator aus Illinois setzt sich zunächst bei den parteiinternen Vorwahlen gegen seine Rivalin Hillary Clinton durch. Bei der Wahl zum US-Präsidenten am 4. November 2008 lässt Obama auch seinen republikanischen Konkurrenten John McCain deutlich hinter sich. Mit dem ersten afroamerikanischen Präsidenten in der Geschichte der Vereinigten Staaten setzt Amerika eine historische Zäsur.

Am 20. Januar 2009 legt Barack Obama auf den Stufen des Kapitols seinen Amtseid ab. Wegen mehrfacher Unterbrechungen und sprachlicher Verwirrungen während der Vereidigung wird diese am Tag darauf im stillen Kämmerlein des Kapitols noch einmal wiederholt, um die Gültigkeit gemäß Verfassung zweifelsfrei zu garantieren.

Obama betritt die politische Weltbühne genau in jenem Moment, als in Folge einer langen, deprimierenden Bush-Regierung dringend nach einem Helden, einem Retter gesucht wird. Nach einem kometenhaften Aufstieg beginnt er seine Präsidentschaft in einer historischen Ausnahmesituation, begleitet von maßlosen Erwartungen der Amerikaner. Die Hoffnungen, dass er der krisengeschüttelten Wirtschaft neuen Aufschwung verleiht und zudem die USA nach den Kriegen im Irak und in Afghanistan in eine Ära des Friedens führt, lasten künftig schwer auf dem gebürtigen Hawaiianer mit kenianischen Wurzeln. Auch die Welt setzt große Erwartungen auf den neuen Mann im Weißen Haus. Ein aktives Voranbringen des Klimaschutzes durch erneuerbare Energien gehört dazu ebenso wie die Kooperation bei Abrüstung und Rüstungskontrolle sowie die Vermittlung im Nahost-Konflikt.

Schulabschluss – und dann?

Wie auch immer, die Zeit verging rasend schnell. Während sich die einen noch bis zum Abitur durchbissen, hatten andere bereits den Haupt- und Realschulabschluss in der Tasche. Allerdings erfüllte sich die damit verbundene Hoffnung auf eine Ausbildung im Wunschberuf nur selten. Das lag nicht immer nur an den eventuell unzureichenden Leistungen in

Die letzten Klassenfahrten unserer Pennälerlaufbahn führten uns häufig ins europäische Ausland.

Die Ausbildung war ein weiterer Schritt ins Erwachsenenleben.

Unsere Arbeitsergebnisse aus der Schreiner-Ausbildungspraxis konnten sich sehen lassen.

einzelnen Fächern, sondern auch an der zunehmend schwächelnden deutschen Wirtschaft. Übernahmen, Insolvenzen, Schließungen und der dadurch bedingte Stellenabbau mit Massenentlassungen hinterließen auch auf dem Ausbildungsmarkt ihre Spuren. Zudem stand die Zahl der Schulabgänger zumeist in krassem Gegensatz zu den vorhandenen Ausbildungsplätzen.

Dennoch eröffneten sich von der regulären dualen Berufsausbildung über betriebliche Teilzeitausbildung bis hin zu speziellen Bildungsgängen für junge Menschen ohne Schulabschluss zahlreiche Perspektiven für unsere Generation. Wir mussten nur die Augen öffnen, die Beine aus dem Sessel schwingen und selbst Initiative ergreifen.

Endlich mobil auf vier Rädern – einer der Vorzüge der Volljährigkeit.

Endlich volljährig: Das Leben kann kommen

Die Volljährigkeit rückte heran und mit ihr der wohl entscheidendste Abschnitt in unserem Leben. Endlich erhielten wir die offizielle Befugnis, unser eigenes Leben zu führen. Wir bekamen mehr Rechte, aber auch mehr Pflichten. Wir nahmen nach bestandener Führerscheinprüfung als Autofahrer am täglichen Verkehrschaos teil und nutzten durch unser Wahlrecht die Möglichkeit zur politischen Mitbestimmung. Wir durften mit unserem guten Namen Entschuldigungen unterschreiben, ein Auto kaufen und eine Wohnung mieten. Wir waren befugt, unsere Geldgeschäfte eigenständig zu regeln, mussten zugleich aber auch finanzielle Fehlschläge ausbaden. Das galt auch für viele bürokratische und rechtliche Entscheidungen, bei denen wir zuweilen ordentlich auf die Nase fielen. Sicher nicht zum letzten Mal, denn Schuldenfallen und Internetbetrügereien, zwielichtige Verträge, unseriöse Jobangebote, ungewollte Abos und dubiose Gewinnspiele lauerten überall.

Wir starteten nach dem Abitur ins Studium oder absolvierten eine Lehre als Basis für unser späteres Berufsleben. Viele Grundlagen hatten wir in den vergangenen 18 Jahren bereits gelegt. Nun galt es, unser Wissen, unsere Erkenntnisse und Erfahrungen zu bündeln, sie zu nutzen und beständig weiterzuentwickeln und unsere eigenen Wege zu gehen.

Wir haben alles im Griff – die Zukunft kann kommen!

Wir 91er sind bereit fürs Leben.